그늘을 벗어나 햇볕으로 한걸음,

페퍼민트

페퍼민트

초판 1쇄 발행 • 2022년 7월 25일

지은이 • 백온유
펴낸이 • 강일우
책임편집 • 김도연 정편집실
조판 • 황숙화
펴낸곳 • (주)창비
등록 • 1986년 8월 5일 제85호
주소 • 10881 경기도 파주시 회동길 184
전화 • 031-955-3333
팩스 • 영업 031-955-3399 편집 031-955-3400
홈페이지 • www.changbi.com
전자우편 • ya@changbi.com

ISBN 978-89-364-3880-7 03810

* 책값은 뒤표지에 표시되어 있습니다.

페퍼민트

백온유 장편소설

창비

차례

페퍼민트
007

작가의 말
266

시안

1.

입술을 동그랗게 모아 바람을 분다. 몸속에서 무엇인가 빠져나가 비눗방울을 구성한다. 투명한 구체가 머리 위로 떠오르며 흩어진다. 비눗방울이 이동하는 방향으로 우리는 달린다. 손을 높이 들어 손끝으로 그것을 터뜨린다. 그렇게 비눗방울을 따라 뛰어가다, 나는 돌부리에 걸려 넘어진다. 손바닥과 무릎에서 피가 흐르자 나 대신 해원이 울상을 짓는다. 어디선가 엄마가 나타나 쓸린 상처를 확인하더니 말한다. 아무것도 아니네, 약 바르면 금방 낫겠네. 나는 울지 않는다.

엄마가 내 무릎에 포비돈을 바르고 상처 부위를 후후 불어 주던 기억. 그 빨간 소독약을 바르면 상처가 쓰리고 따가웠다. 약이 마를 때까지 바람을 불어 주면 얼마쯤 통증이 가라앉았다.

2.

내 바람도 엄마에게 닿을까.

생리 식염수로 환부를 안쪽에서 바깥쪽으로 서서히 닦아 냈다. 거즈로 물기를 제거하고 재생 연고를 환부에 발랐다. 나는 쉬지 않고 엉덩이와 넓적다리에 바람을 불었다. 뭉근하게 아린 통증이 휘발되도록. 엄마는 내가 욕창 드레싱을 끝낼 때까지 꼼짝도 하지 않았다. 욕창 방지 쿠션을 엄마의 엉덩이 아래 깔고 자세를 바꿔 준 후 나는 어제의 배치에서 전혀 달라지지 않은 엄마의 물건들을 훑어보았다. 가글, 칫솔, 수건과 크림도 그대로였다. 가습기는 물이 없는 채로 작동되고 있었다.

"어제도 아빠 안 왔지? 그래도 서운해하지 마. 요즘 바빠서 그래. 야간에도 종종 일이 있나 봐."

나는 종이 가방에서 외투를 꺼내 엄마 눈앞에 들어 보였다.

"이거 봐. 아빠 옷 샀어. 옷장을 열었는데 옷이 죄다 검은색이더라고. 얼룩지면 번거로우니까 어두운 색만 입나 봐. 밝은 옷도 하나 있으면 좋을 것 같아서 샀어. 산뜻해 보이지?"

나는 엄마 얼굴을 바라보았다. 얼굴에 있는 점의 개수를 셌다. 왼쪽 눈 밑에 하나, 코끝에 하나, 입가에 하나, 오른쪽 눈썹 위에 빨간 점 하나. 엄마가 아프기 전에는 엄마 얼굴에 이렇게 점이 많은지 몰랐다. 문득 지금 내 앞에 있는 사람이 내 엄마가 맞는지, 어디선가 몸이 바뀌었는데 내가 알아보지 못하는 게 아닌지 의구심이 들 때면 점을 세며 마음을 다독이곤 한다.

할머니 한 분이 퇴원한 후, 엄마는 병실 가장 안쪽 창가 자리로 옮겨졌다. 남향이라 해가 잘 들고, 엄마가 누운 자리에서 창밖 나무들이 잘 보여 만족스러웠다. 엄마는 눈을 뜨고 있는 동안에도 거의 한곳만 응시했다. 누군가가 고개를 돌려 주거나 자세를 바꿔 주지 않는 한 똑같은 풍경을 내내 바라볼 수밖에 없었다. 아직 꽃샘추위가 한창이라 나무가 죄다 앙상하지만 완연한 봄이 되면 잎이 무성해져 꽤 보기 좋을 것이다. 환기를 위해 문을 열어 두면 아카시아 향이 나겠지.

엄마는 꽃과 나무를 좋아했다. 집에서 엄마가 돌보던 화분만 해도 열 개가 넘었다. 아무리 예민한 식물이라도 죽이는 법이 없어서 이웃들이 엄마에게 비법을 물어보기도 했다. 볕이 잘 드는 자리에 두세요. 꽃은 하늘을 보고 자라니 낮에는 커튼을 걷어 두는 게 좋지요. 식물마다 필요로 하는 물의 양이 다릅니다. 착각하지 않도록 따로 적어 두세요.

식물적인 인간을 돌보는 일과 식물을 기르는 일은 어느 정도 닮아 있다. 하지만 텅 빈 눈으로 바라보는 하늘에도 구름이 차오르는지, 엄마가 바라보는 나무에 과연 새가 앉고 바람이 드는지, 그런 것들이 의문이다. 엄마의 세상은 멈춘 지 오래인 듯했으니까.

수증기가 피어오르던 커피포트가 딸깍 소리를 내고 꺼

졌다. 페퍼민트 차를 진하게 우린 후 나무 막대에 거즈를 감아 적셨다. 그리고 엄마의 입으로 가져가 맛보게 했다. 미각을 깨우는 데 도움이 된다는 이야기를 듣고 나는 매일같이 엄마가 좋아하던 페퍼민트 차를 우렸다.

풀잎 향이 병실에 퍼져 나갔다. 숨을 들이쉬고 내쉬는 동안 나는 어린 시절로 잠시 돌아갈 수 있었다. 엄마의 방에서 피어오르던 박하 향이 지금의 나에게로 끼쳐 오는 듯했다. 뜨거운 물을 엎지를까 싶어 차를 마실 때만큼은 나를 가까이 오지 못하게 했지만 몇 발자국 떨어진 곳에서 차를 우리는 엄마의 모습을 보는 것만으로도 좋았다.

거즈를 너무 깊숙이 집어넣었는지 엄마가 헛구역질을 했다. 엄마는 산소 호흡기가 필요하지만 미약하게 숨을 쉴 수 있고, 음식을 씹거나 빨 수 있다. 음식을 스스로 삼키는 건 무리지만 기침과 하품을 하기도 하고 이렇게 헛구역질을 하는 경우도 있다. 아주 가끔은 소리를 내기도 한다. 하지만 대체로 앓는 소리이거나 '우우' 하는 의미 없는 소리가 전부다.

예전에는 이런 작은 반응 하나하나에 의미를 부여했다.

인간의 무의식적인 반사 행동일 뿐이라는 의사의 말을 무시한 채 엄마가 더디게나마 회복되고 있다는 징조로 해석했다. 우리는 가족이니까, 의사나 간호사가 보지 못하는 미묘한 변화를 느낄 수 있다고 자신했던 것이다.

나는 온장고에서 물수건을 꺼내 엄마의 얼굴과 손발을 닦았다. 면봉으로 귀 청소를 한 다음 뼈가 도드라진 손을 잡고 조심스럽게 손톱을 깎았다. 일주일에 한 번은 반드시 엄마의 손톱을 깎는다. 식물인간 판정을 받은 뒤 육 년간 엄마의 생장 속도는 꾸준히 느려졌고 체구도 눈에 띄게 쪼그라들었지만 손톱과 발톱이 자라는 속도만큼은 유지되고 있다. 예전에 엄마는 손톱이 이상할 정도로 빨리 자란다며 손질할 때마다 불평했다. 손톱을 다 깎은 뒤에는 나를 불러 엄마의 다리 사이에 앉히고는 천천히 내 손톱을 깎아 주었다. 살을 집어 피를 낼까 신경을 기울이며 아주 천천히, 천천히.

"아가, 네가 고생이다. 세상에, 요새 저렇게 엄마 수발드는 애가 어디 있어."

입원한 날부터 나를 보고 같은 말을 반복하는 홍씨 할

머니는 새벽 기도를 다녀오다가 빙판길에서 넘어져 오른쪽 다리가 부러졌다고 했다. 거동이 불편한 점 외엔 다른 문제가 없어서 6인실에 있는 환자 중에서 가장 활기찼다.

"요즘 애들은 저렇게 못 하지요."

정씨 아줌마가 홍씨 할머니의 말을 거들었다. 환자들만 바뀔 뿐 비슷한 패턴의 대화가 내 주변에서 몇 년째 반복되고 있었다.

나도 요즘 애들인데. 대단한 희생처럼 보여도 막상 닥치면 다른 애들도 할 수밖에 없을 것이다. 도망도, 외면도 쉬운 일은 아니다. 나는 어쩌다가 그 사실을 일찍 깨달았을 뿐이다.

병실에는 나를 오래 봐 온 환자들도 있고 최근에 입원해 안 지 얼마 되지 않은 환자도 있다. 병실을 옮겨도 한나절이면 모두가 나와 엄마의 사연을 알게 된다. 사실 사연이랄 것도 없지만 사람들이 내 얘기를 옮길 때 곧잘 기구하다거나, 처지가 딱하다거나, 신세가 얄궂다는 식의 말을 덧붙이기 때문에, 처음에는 호기심으로 보던 눈빛들도 금세 안쓰러움으로 바뀐다.

"아니에요, 뭐. 늘 하던 건데요."

"아가. 이거 좀 먹어. 우리 아들이 다 씻어 놓은 거야."

홍씨 할머니에게서 귤과 딸기를 받아 왔다. 정씨 아줌마가 냉장고에 갈비탕이 있는데 먹겠느냐고 물었다. 정씨 아줌마는 위암에 걸려 위를 절제하는 수술을 받고 회복 중이었다. 먹고 싶은 음식이 생기면 당장 사 오라고 자식들에게 낮이건 밤이건 전화를 걸었다. 자식들이 음식을 사 오면 먹지 않고 냉장고에 넣어 뒀다가 나에게 주었다. 어차피 자신은 먹지도 못한다며. 나는 갈비탕을 데워 와 늦은 저녁을 먹었다.

여러 병원을 전전하면서 나는 잘 모르는 타인들의 호의를 받아 챙기는 것에 익숙해졌다. 동정과 연민의 시선에 적대심을 가진 것은 잠깐이었다. 노골적으로 드러내는 측은지심에 날을 세울 겨를이 없었다. 한 병실에 중증 환자를 한 명 이상 두는 경우는 드물었기 때문에 같은 병실을 쓰는 환자들은 자주 바뀌는 편이었다. 대부분은 금방 퇴원을 했고 나이가 많은 어른들은 요양 병원으로 옮겨 갔다. 아주 가끔 갑자기 병세가 악화되어 중환자실로 옮기는 환자도 있었다. 같은 병실을 쓰던 환자가 죽었다는 소식을 들으면 기분이 묘했지만 금방 잊었다. 잠깐 머물다 가는 사람들이 뭐라고 하든 신경 쓰지 않았다.

"하얀 딸기네요?"

"아들이 요상한 걸 사 왔어. 그게 다 익은 거래. 색이 그래서 그런지 영 입맛이 안 돌아. 아가, 너 다 먹어라."

나는 엄마 눈앞에 딸기를 들어서 보여 줬다. 신기하지? 세상에는 신기한 것들이 계속 나오고 있어. 엄마는 과일을 좋아했다. 엄마 덕에 나도 어릴 때부터 꼭 후식으로 과일을 먹었다. 지금은 거의 과일을 사지 않는다. 아빠와 나는 보관이 까다롭고 쉽게 상하는 식재료 대신 유통 기한이 긴 간편 조리식을 선호하게 되었다.

배가 불렀지만 딸기를 앉은자리에서 다 먹었다. 딸기는 조금만 시간이 지나도 과육이 무르고 벌레가 꼬이니까. 달콤하고 금방 익어 버리는 것들은 나를 곤란하게 했다.

스스로 음식을 먹을 수 없는 엄마는 코에서 위까지 이어지는 고무관을 통해 유동식을 공급받는다. 엄마는 요리를 즐기고 식사 시간을 중요하게 생각하는 사람이었다.

관을 통한 피딩은 엄마가 소중하게 생각하던 대부분의 것들을 잃었다는 것을 느끼게 해 준다. 피딩을 끝내고 정리하고 있을 때 김 간호사가 다가와 점검을 했다.

"잘했네. 시안이 이제 프로 같아. 잘 배웠어."

3.

자정 무렵 아빠가 들어왔다. 왜 병원으로 곧장 가지 않고 집으로 왔는지 묻고 싶었지만 고단해 보여 그만두었다.

"저녁은?"

"회사에서 먹었어."

아빠는 이곳저곳 전전하며 열심히 돈을 번다. 내가 중학교 1학년 때 아빠는 건설 현장에서 일용직으로 일했고 2학년 때는 아빠의 대학 후배가 운영하는 호프집에서 배달과 서빙을 했다. 3학년 때는 요양 보호사 자격증을 따서 요양 병원에서 근무했다. 또 한동안은 물류 센터에 다녔다.

엄마가 아프기 전에 아빠는 IT 회사에서 근무했다. 지금은 너무나 다양한 일을 하기 때문에 고등학생이 된 이

후로 나는 더 이상 아빠가 무슨 일을 하며 돈을 버는지 물어보지 않는다. 아빠는 자신이 돈을 버는 일터를 무조건 '회사'라고 부른다. 식당도 회사, 공장도 회사, 요양 병원도 회사. 요즘은 퇴근 후에 몸에서 땀 냄새가 나지 않는 걸로 봐서 힘 쓰는 일은 하지 않는 것 같다. 아빠에게는 그런 일이 맞지 않았다. 물류 센터에서 일할 때는 자주 다쳤다. 그때 다친 허리 때문에 아직까지 고생을 하고 있다.

아빠는 찬물을 마신 후 주머니에서 돈을 꺼내 세더니 내게 건넸다.

"아직 용돈 남았는데."

"모아 둬."

그렇게 말하며 아빠는 씩 웃었다. 나머지 돈다발을 고무줄로 묶어 바지 주머니에 넣는 아빠를 쳐다보았다. 요즘 누가 현금을 쓴다고. 모두가 카드나 휴대폰으로 물건을 사는 시대에 아빠는 여전히 현금을 고집한다. 외할머니는 그런 아빠를 보며 저게 다 불안해서 그러는 거라며 안쓰러워했다. 재난이 언제, 어떻게 닥칠지 모르니 그 순간이 오면 현금을 쥐고 있는 아빠가 이 세계에서 가장 현명한 사람이 될 수도 있을 것이다.

아빠는 매주 월요일 저녁에 내게 용돈을 준다. 일 년 전 어느 날 딱 한 번 빠뜨린 적이 있는데, 그렇게 중요한 걸 잊어버린 자기 자신에게 크게 실망한 기색이라 나는 아빠가 측은했다. 자신이 정한 만큼의 용돈을 규칙적으로 내게 주는 일을 중요하게 생각하는 것 같았다. 우리는 그동안 엄마 없이도 잘 지내 왔다. 아빠가 빨래를 해서 널면 내가 걷어서 개켜 놓고, 내가 머리카락을 줍고 청소기를 돌리면 아빠가 걸레질을 했다. 중학교 때 강아지를 한 마리 데려와 기르자고 졸랐지만 그건 많은 책임이 따르는 일이라며 아빠는 반대했다. 나도 지금은 충분히 이해한다.

"요즘 바빠?"

사실 내가 묻고 싶은 말은 이런 것이다. 병원엔 언제부터 안 간 거야? 이틀 전? 사흘 전? 오후에는 내가, 밤에는 아빠가 엄마를 지키기로 했잖아.

"좀 바쁘네. 회사에 일이 좀 많아. 야근도 해야 하고."

아빠는 내 눈을 보지 않고 말했다. 낡은 겉옷을 벗고 소파에 앉아 텔레비전을 켰다. 나도 아빠 옆에 앉았다. 뉴스에서는 여러 패널들이 정치 이야기를 하고 있었다. 국회 의원 선거를 앞두고 각 정당에서 낸 후보 중 누가 당선될지 예측하는 프로였다. 아빠는 뉴스를 거의 보지 않는다. 뉴스를 봐도 스포츠 소식과 일기 예보 정도만 확인한다. 아빠가 꼭 챙겨 보는 텔레비전 프로는 주말 드라마밖에 없다. 오랫동안 병원에서 간병 생활을 하며 생긴 습관 중 하나였다.

"언제까지 바쁜데? 냉장고 비었어. 먹을 게 하나도 없다고."

"그래? 내일 장 좀 봐야겠네."

"집도 엉망이야."

내가 짜증스럽게 말하자 아빠는 그제야 화면에서 시선을 떼고 거실을 둘러보았다. 방이 세 개인 아파트에서 방이 두 개인 주공 아파트로 이사하며 가구를 비롯해 많은 짐을 버렸기 때문에 사실 거실은 휑했다. 우리 둘 다 아무리 바빠도 집안일을 미루는 성격은 아니어서 엉망이랄 것도 없었다. 그저 내 마음이 엉망이었다. 아빠는 대수롭지 않게 말했다.

"내일은 일찍 올게. 같이 정리 좀 하자."

"일찍 올 필요 없으니까 빨리 엄마한테나 가 봐."

엄마는 나에게 한 번도 화를 내지 않았다. 아무리 생각해 봐도 야단을 맞거나 꾸중을 들은 기억이 없다. 아빠도 엄마와 다르지 않았다. 두 사람 다 온화한 성격인데 나는 누구에게 화를 배운 걸까? 내 말투가 공격적이라는 걸 알지만 한 번 욱하면 참을 수가 없었다.

"엄마한테 가는 거 귀찮아? 가 봤자 어차피 알아보지도 못하니까 매일 갈 필요는 없다고 생각하는 거지?"

"이번 주에 바빴어. 안 그래도 지금 가려고 했다."

아빠는 씻고 병원에 가야겠다고 중얼거리며 양말을 벗었다. 제대로 해명하지 않고 자리를 피하려는 아빠를 나는 더 몰아세웠다.

"내가 말 안 했으면 안 갔을 거잖아. 내일도, 모레도 안 가려고 했잖아?"

아빠는 대꾸 없이 욕실로 갔다. 나는 소파에 앉아 텔레비전을 노려봤다. 혹시 아빠에게 애인이 생긴 게 아닐까? 그래서 늦게 들어오는 거 아닐까? 아빠가 진짜 지쳐 버린

게 아닐까? 나는 곧잘 이런 상상을 한다. 솔직히 나는 아빠를 잘 의심하는 편이다.

아니, 나는 나를 의심하는 만큼 아빠를 의심한다. 이런 생활에 지치지 않을 리 없다. 엄마가 지겹다는 마음이 밀려올 때면 그런 내가 너무 징그럽지만, 나만 이런 생각을 하는 건 아닐 거라고 스스로를 위로한다. 나 정도면 준수하게 견디는 편이지. 아빠는 더 심한 생각도 할걸.

환자 면회조차 못 오는 보호자도 많다는 걸 나도 안다. 하지만 우리는 좀 다른 줄 알았다. 우리는 서로를 지켜 주기로 했다. 모든 사람이 뿔뿔이 흩어졌을 때에도 우리만은 위험을 무릅쓰고 함께했다. 무슨 일이 있더라도 엄마를 혼자 두지 않는다는 원칙을 잘 지켜 왔는데 아빠가 말도 없이 그걸 깨 버렸다는 사실이 날 불안하게 했다.

아빠는 씻고 나오더니 피곤한지 소파에 누웠다. 나는 불안한 마음을 애써 가라앉히고 아빠에게 말을 걸었다.

"간호사가 그러는데, 엄마 욕창 많이 괜찮아졌대."

엄마는 얼마 전 엉덩이에 뼈가 드러날 정도로 욕창이 심해져 수술을 받았다. 우리가 잘못해서 그렇게 된 것 같아 의사 앞에서 고개를 숙이고 있었다. 보호자 탓이 아니에요, 그렇게 죄인처럼 굴 필요 없습니다. 의사는 그렇게 말했지만 마음이 가벼워지진 않았다.

"다행이네."

"발 주물러 줄까."

나는 소파 아래에 앉아서 아빠의 발을 꾹꾹 주물렀다. 아빠는 나를 말리지 않았다. 이게 내가 사과의 손길을 내미는 방식이라는 걸 알기 때문이다. 요즘은 내가 생각해도 말에 가시가 돋쳐 있다. 아빠를 다그치고 의심하고 압박한다. 먼 미래의 어느 날, 혼자 이 모든 일을 떠맡게 될까 봐 두려워서 아빠를 감시하는 것이다. 아빠의 오른발 엄지발톱이 까맸다. 무언가에 찍혀 발톱 일부분은 깨지고 안에 피멍이 든 것 같았다.

"어디서 다쳤어? 아팠겠다."

"별로 안 아파. 괜찮아."

나는 발톱깎이로 다듬을 수 있는 부분은 다듬었다. 발톱 안쪽의 멍이라 약을 바를 수도 없었다. 아빠가 새 양말을 꺼내 신고 옷을 다시 껴입는 것을 보고 나는 식탁 밑에 숨겨 둔 옷을 꺼냈다.

"입어 봐."

"무슨 날이야? 네 거나 사지."

아빠는 며칠 전부터 계속 어디에 돈을 흘린 것 같다고 중얼거리며 소파와 침대 밑에 손을 넣어 더듬었다. 나는 대수롭지 않게 생각했다. 며칠 전 아빠 옷을 옷걸이에 걸다가 짤랑거리는 소리가 들려 주머니에 손을 넣어 봤지만 아무것도 없었다. 살펴보니 주머니에 커다란 구멍이 나서 현금이 모두 점퍼 안감으로 들어간 것이었다. 꺼내 세어 보니 십만 원이 넘었다. 움직일 때마다 동전 소리가 들려 조금만 생각해 보면 발견할 수 있었을 텐데 아빠는 그동안 엉뚱한 곳만 뒤지며 의아해하고 짜증을 낸 것이었다. 돈을 찾았다고 말해 주니 아빠의 얼굴이 환해졌다. 아빠가 주머니를 꿰매는 모습을 보다가 나는 인터넷으로 새 옷을 주문했다. 그러고 싶었다.

"선물이라고 생각해."

"돈 번다고 막 쓰지 말고."

"내가 언제 돈 막 쓰는 거 봤어? 얼마나 절약한다고."

아빠는 "하긴, 우리 딸이 알뜰하긴 하지." 하고 고개를 주억거렸다.

"흰옷 금방 더러워지는데."

"더러워지면 빨면 되잖아."

아빠가 옷을 입고 내 앞에서 한 바퀴 돌았다.

"잘 어울리네. 역시 내가 잘 골랐어."

말은 그렇게 했지만 옷을 한 치수 작게 살 걸 그랬다는 생각이 들었다. 원래 아빠가 입는 사이즈였지만 그새 살이 빠졌는지 약간 헐렁해 보였다. 하지만 아빠도 나도 그런 말은 하지 않았다.

4.

나는 엄마를 담당하는 간병인에게서 환자를 돌보는 법을 배웠다. 최선희 선생님은 간병 경력만 삼십 년 가까운 베테랑이다. 아빠와 내가 없는 시간에는 최선희 선생님이 엄마를 돌보았다.

최선희 선생님은 엄마에게 자주 말을 걸어 주라고 했

다. 오늘 무슨 일이 있었는지, 엄마를 얼마나 사랑하는지, 엄마가 내게 얼마나 소중한 사람인지 솔직하게 마음을 전달하는 게 중요하다고 강조했다. 솔직한 마음. 그게 정말 중요할까? 의아했다. 나는 엄마에게 아주 많은 말을 건네지만 나도 모르게 진심까지 말하게 될까 봐 조심하는 편인데.

최선희 선생님은 오후 6시면 퇴근한다. 꼼꼼하고 친절한 분이었지만 정해진 시간 외에는 절대로 추가 근무를 하지 않았다. 초과된 시간만큼 수당을 신청할 수 있지만 간절하게 부탁해도 그것만큼은 거절했다. 나는 내려야 할 정거장을 지나치는 바람에 7시가 되어서야 병원에 도착했다. 한 시간이나 엄마가 혼자 있었다는 생각을 하자 초조해졌다.

물론 잠시 곁을 비워도 큰일이 일어나진 않는다. 진전이나 차도 같은 단어들이 엄마에게 해당되지 않는 만큼, 병세가 급격하게 악화되는 일도 드물었다. 무슨 일이 생기면 간호사가 와 보는 것이 원칙이지만 의식이 없는 환자에게 그렇게까지 세심한 관심을 기대할 수는 없다. 병원에는 아픈 사람이 너무 많고, 의료진도 짜증과 역정을 내는 환자들을 한 번 더 돌아보기 마련이니까.

병원으로 오는 버스 안에서 한 여자가 내 어깨에 기대 잠이 들었다. 차마 떨쳐 버릴 수가 없었다. 목이 불편하게 꺾여 있었지만 그 자세로 이십 분은 족히 지났다. 왠지 나보다 더 힘들어 보여서 그냥 잠시 견뎌 주고 싶었다. 무릎 위에 올려놓은 가방이 여자의 몸집에 비해서 너무 크고 무거워 보였다. 나는 내릴 정거장을 확인하고도 그냥 지나쳤다. 낯선 풍경 속을 달리는 버스 안에서 나는 노래를 들었다. 모르는 건물, 모르는 정거장을 지나, 모르는 교복을 입은 학생들이 올라타고 내리는 광경을 물끄러미 보았다. 다음 정거장에는 내릴 거야, 여자가 힘들어 보여서 내가 잠깐 참아 주는 거야, 그렇게 생각하며 병원에서 멀어지고 있다는 사실을 외면했다. 그런데 여자는 자신이 내려야 할 곳에 다다르자 두리번거리며 전광판을 확인하고는 벌떡 일어나 뒤도 돌아보지 않고 떠났다. 우습게도 그렇게 차고지까지 갔다가 돌아왔다.

나는 병실에 도착하자마자 엄마의 자세를 바꾸고, 콧줄

을 확인하고 소변 통을 살펴보았다. 최선희 선생님이 깨끗하게 정리하고 갔기 때문에 내가 할 일은 많지 않았다. 머리맡에 둔 가습기에 물을 가득 채우고, 가래 제거를 위한 석션을 한 뒤 엄마 얼굴에 로션을 듬뿍 바르고 헝클어진 머리를 빗겼다.

며칠 전 침상에 커튼을 치고 아빠와 함께 엄마 때를 밀었다. 우리 둘 다 몸이 땀으로 흠뻑 젖었지만 엄마에게서 좋은 향기가 나 보람이 느껴졌다. 그때 엄마가 슬며시 눈을 떴다.

"안녕, 엄마."

나는 45도 각도로 오른쪽 천장을 바라보는 엄마의 시선이 닿는 곳에 손을 올리고 흔들었다. 눈동자는 아무 반응이 없었다. 엄마의 고개를 조금 기울여 나를 바라보도록 했다. 마주 본다는 느낌은 아니었지만 눈을 뜬 엄마가 오랜만이라 반가웠다.

"드디어 딸내미 있을 때 눈 떴네. 요 며칠 너 가고 네 아빠 와야 느지막이 눈 뜨기에 내가 혼을 좀 냈어. 엄마 많이 봐 둬라. 오늘 평소보다 기운이 좀 있어 뵈네."

옆 침대를 쓰는 홍씨 할머니가 엄마를 보더니 너스레를 떨었다.

"그랬어? 엄마 완전히 낮밤이 바뀌었구나. 그러면 안 되지. 일찍 자고 일찍 일어나야지. 그래도 그게 더 좋으면 밤에 일어나."

언제부턴가 엄마가 하던 방식으로 말하기 시작했다. 엄마는 네가 수학 학원을 가면 좋을 것 같은데. 뭐, 합기도 학원 계속 다니고 싶으면 그렇게 해. 아침을 먹고 가야지. 근데 입맛 없으면 안 먹어도 돼. 숙제를 먼저 끝내고 나서 편하게 게임을 하는 게 좋지 않아? 그래도 지금 당장 하고 싶으면 그렇게 해. 순서는 네가 정하는 거야. 네가 선택하는 거야. 결국 대부분 엄마가 원하는 대로 됐지만 강요 없이 내가 선택했다고 여겼기 때문에 엄마와 나 사이에는 큰 트러블이 없었다. 나는 엄마 덕분에 내가 안정적인 유년기를 보냈다고 생각한다. 엄마는 늘 나를 편안하고 자유롭게 해 주었다. 나는 고마움을 아는 사람이다. 보답을 할 줄 아는 사람이다.

나는 그렇게 나를 세뇌한다.

5.

편의점 도시락을 사기 위해 1층으로 내려왔다. 병원은 규모가 꽤 커서 병원 내에 편의점과 꽃집, 빵집과 식당, 그리고 종교 시설까지 있었다. 엄마가 처음 입원했을 때는 주변이 황량한 편이었다. 병실에서 간병하는 어른들 말로는 작년에 병원 바로 옆에 암 센터 건물이 들어선 후로 주변에 오피스텔과 상가 건물이 지어지고 있다고 했다. 서울에서 가장 개발이 더뎠던 곳인데 병원이 지역 상권을 살렸다며 상인들이 먹고살 만해져 다행이란 얘기를 들었다. 아픈 사람들이 이곳에 모여들수록 생활이 나아지는 사람들이 있다는 게 신기했다.

편의점은 응급실로 가는 복도 쪽에 있었다. 소독약과 피 냄새가 끼쳐 왔다. 분주하게 오가는 간호사와 의사들이 보였다. 어디선가 소란스러운 소리가 들려왔다.

"아니, 진짜 너무 따갑다니까요? 저 삼십 분째 기다리는 중이에요."

"죄송합니다. 사거리에서 연쇄 추돌 사고가 나서 대기

시간이 길어지고 있어요. 지금 잔여 베드가 없어서 더 기다리셔야 해요. 경미한 증상이면 다른 병원에서 진료받으시는 게 나을 수도 있습니다."

"아까도 그 얘기 들었는데, 정말 너무 따갑고 가려워서 그래요. 약이라도 좀 주세요."

노란색 후드 집업을 입은 남자가 간호사와 실랑이를 하고 있었다. 내 또래일지, 조금 어릴지, 가늠하고 있을 때 남자가 소매를 걷어 간호사에게 피부 상태를 보여 주었다. 피부가 울긋불긋한 게 알레르기 반응 같았다.

외래 진료가 끝나 환자들이 모두 응급실로 모여드는 늦은 시간이었다. 대기 줄이 짧아질 기미가 보이지 않자 진료를 포기하고 돌아가는 환자들도 보였다. 나는 편의점에 들어가서 도시락을 골랐다. 아빠 것도 사 둘까, 아빠는 저녁을 먹었을까, 생각에 잠겼다. 아빠는 언제 쉴까. 궁금하지만 미스터리로 남겨 두었다. 아빠가 먹지 않고 냉장고에 둔다면 금세 딱딱해질 것 같아 작은 오므라이스 하나만 사서 나왔다.

복도를 걸어오는데 심한 기침 소리가 들렸다. 순간 반

사적으로 그곳을 바라봤다. 아까 그 남자였다. 사람들이 불편한 표정으로 남자를 힐긋거리다가 자리를 옮겨 거리를 두는 것이 보였다. 후드를 뒤집어쓴 남자는 소매로 입을 틀어막고 재채기와 기침을 번갈아 했다. 그러더니 다시 간호사를 불러 세워 자신의 증상을 설명했다. 간호사는 죄송하다고 고개를 숙이면서도, 의사의 처방 없이 함부로 약을 줄 수 없다고 사정을 설명했다. 남자는 더는 기다릴 수 없다고 짜증을 냈고, 대기 중이던 사람들은 모두 흘끔거리며 상황을 구경하고 있었다. 대치가 길어지자 웅성거리며 남자를 힐난하는 분위기가 되었다.

"이봐요, 교통사고 환자라잖아. 나도 오래 기다렸어."

한 아저씨가 남자를 나무랐다. 쟤 뭐야, 진짜 좀 이기적이네. 신경을 끄고 올라가야겠다고 마음먹었을 때 그 사람이 내 쪽으로 고개를 돌렸다. 그 울상인 얼굴이 아주 익숙하게 느껴졌다.

"아저씨, 죄송한데요, 제가 멀쩡하게 말하고 있어서 괜찮아 보이시겠지만 진짜 아파서 그래요."

남자가 눈을 비비며 안경을 벗었을 때 확신했다. 분명

히 내가 아는 얼굴이었다. 나는 그 사람에게 다가갔다.

"유제품 알레르기 아니에요?"

남자는 당황스러운 눈으로 나를 봤다.

"맞아요."

"가렵겠다."

"근데 어떻게 아시죠?"

나는 어쩐지 이 상황이 황당해서 웃음이 나왔다.

"아는 사람이 치즈 먹으면 이렇게 되더라고요."

남자는 안경을 다시 고쳐 끼고 내 얼굴을 빤히 바라보았다. 나는 일부러 코앞으로 다가섰다. 김해일의 눈에는 내가 어떻게 보일까? 김해일은 키만 컸지 그대로였다. 그래서 알아보기 쉬웠다. 김해일은 경계하듯 한 걸음 물러서서 나를 아래위로 훑어보았다. 몇 초 정도 흘렀을까, 해일의 눈빛이 흔들렸다. 못 알아보면 서운할 뻔했는데, 정말 다행이었다.

김해일이 물러선 만큼 내가 한 걸음 다가가 손을 내밀었다.

"잘 지냈어? 여기서 만나네."

해원

1.

사거리 건너 임대 아파트에서 죽은 뒤 이 주 만에 발견되었다는 사람이 누군지 해원도 알고 있었다. 이 년 전까지 해원이 사는 아파트 단지의 경비를 맡았던 할아버지였다. 할아버지는 주차장에 쌓인 눈을 치우다가 뇌출혈로 쓰러진 후 왼쪽 팔다리에 마비가 와 일을 그만뒀다.

할아버지는 아침저녁으로 재활을 위해 해원의 아파트 단지 안을 천천히 걸었다. 더 이상 경비가 아닌데도 쓰레기를 줍거나 두 팔 걷고 분리수거를 하는 모습이 종종 발견되어 주민들이 불편해했다. 놀이터 벤치에 앉아서 아이들이 그네나 미끄럼틀을 타는 모습을 하루 종일 지켜보기도 했다. 어린애들은 불쑥 말을 걸거나 이름을 물어보는 할아버지를 무서워했다.

소식을 전하는 엄마의 목소리는 짜증스러웠다. 사는 동네가 뉴스에 오르내리는 건 어떤 내용이든 유쾌하지 않은 일이었다. 해원은 할아버지의 얼굴을 떠올려 보았다. 늘 웃는 얼굴이었던 것 말고는 다른 특징이 기억나지 않았다.

"어제 경찰에서도 오고, 국과수에서도 오고, 난리였대. 얼마나 끔찍한지. 안 그래도 그 아파트 사는 사람들이 이상하게 생각했대. 요즘 날씨가 덥지도 않은데 아파트에 벌레가 너무 많다고. 창문 열어 놓으면 파리 수십 마리가 꼬였다는 거야. 어디서 음식 쓰레기를 모아 놓고 안 버린 거다, 분명히 뭔가 썩고 있는 거다, 그랬는데, 그게. 아휴, 징그러워."

고독사였다. 엄마는 소름 끼친다는 듯 치를 떨며 말했다. 그 목소리를 듣는 것만으로도 해원은 신경이 곤두서는 것 같았다. 아빠는 밥상머리에서 비위 상하는 얘기 하지 말라고 엄마를 타박했다. 겁이 많은 해일은 무서우니까 그만 말하라며 엄마를 말렸지만 그러면서도 제육볶음을 밥에 비벼 먹었다.

혼자 죽는 거, 그건 징그럽거나 비위 상하거나 무서운 게 아니라 슬픈 거 아닌가? 해원은 기분이 이상해서 숟가락을 내려놓았다.

"야, 김해원."

아빠와 엄마의 시선이 동시에 해일에게 꽂혔다. 당황한 해일이 바로 말을 바꿨다.

"아니, 김지원. 아, 아니다."

엄마는 해일을 노려봤다. 해일은 눈치를 보며 말을 얼버무렸다. 해일은 아직도 무의식적으로 해원의 예전 이름을 불렀다. 자주.

"왜 불러 놓고 아무것도 아니래."

"아닙니당."

"뭔데?"

해원이 다시 물었지만 해일은 우물거리며 대답을 피했고 바쁘다며 먼저 식탁에서 일어섰다. 엄마의 타박을 들었는데도 해일의 기분이 별로 나빠 보이지 않아서 해원은 미심쩍은 표정으로 해일을 바라봤다. 해일은 가끔 실수를 저지르고도 해맑은 표정을 짓곤 했다.

“지원. 입맛 없어? 밥 먹기 싫으면 딸기 씻어 줄까?”

엄마는 해원의 대답을 듣지도 않고 일어나 냉장고에서 딸기를 꺼냈다. 바로 입에 넣을 수 있게 손질한 딸기는 싱싱해 보였다. 해원은 딸기 하나를 입에 넣고 우물우물 씹었다. 그리고 휴대폰을 확인했다.

현수는 어제부터 해원의 메시지를 확인하지 않고 있었다. 자주 그랬다. 이럴 때마다 해원은 자신이 또 무슨 실수를 했는지 기억을 되짚었다. 기분 상하는 일이 있으면 그냥 말해 주면 좋겠다고 생각했다. 현수는 서운한 일이 있으면 바로 말하는 대신 연락을 끊었다. 해원은 이런 표현 방식이 너무 답답하고 싫었지만 현수에게 화를 낼 순 없었다. 해원이 먼저 사귀자고 말했으니까. 그리고 자신이 현수를 더 좋아한다는 것을 아니까. 해원은 현수에게 다시 메시지를 보냈다.

—일어났어? 학교 갈 준비 해?

소금이가 무릎 위에 올려 달라고 해원의 발밑에서 낑낑거렸다. 딸기 냄새를 맡고 온 게 분명했다. 해원은 소금이를 무릎에 앉히고 딸기를 조금 잘라서 입에 넣어 줬다. 하얗고 부드러운 털을 만지자 마음이 조금 안정되는 것 같았다. 소금이 입가가 빨갛게 물들었다.

2.

하루 종일 해원은 현수의 메시지를 기다렸다. 현수는 점심시간쯤에야 메시지를 읽었다. 여전히 답장은 없었다.

학원에서도 집중을 할 수가 없었다. 현수 친구들의 SNS를 뒤졌는데 십 분 전에 현수가 남긴 댓글이 보였다. 아무 일도 없는 듯 평범한 대화였다. 해원은 현수 SNS로 디엠을 보냈다. 해원은 오늘까지 해야 할 숙제가 있었고 수업이 시작되기 전에 답안지를 보고 베껴 적기라도 해야 했지만 그것조차 미루고 있었다.

해원은 다시 고민했다. 자신이 무엇을 잘못했는지. 현수와 주고받은 메시지를 거슬러 올라가며 다시 읽었다. 그러고 보니 고3 선행 학습 과정이 힘들다고 현수가 말했을 때 별로 공감을 못 해 준 것 같았다. 왜 그랬지? 현수만큼 공부를 열심히 하는 편이 아니라서 현수의 고민을 흘려들었나 보다. 해원은 다시 생각했다. 눈치 없이 일요일에 영화관을 가자고 해서 나를 한심하게 본 걸까? 다시 확인하니 그날 특강이 있다고 했는데 자신이 잊어버린 것 같았다. 사과하고 싶은데, 이럴 땐 현수와 다른 학교를 다닌다는 게 답답했다. 이러다가 이번 주가 지나고 교회에 가서야 현수를 만나게 될까 봐 초조해졌다. 학원이 끝나고 현수네 학원 앞에 가서 기다려 볼까? 만나 주려나? 차라리 솔직하게 말해 주면 좋을 텐데. 어떤 점이 마음에 들지 않으니까 고쳐 달라, 너의 이런 점은 최악이다, 이렇게. 해원은 한숨을 내쉬었다.

"김지원, 너 아웃당하고 싶어? 문제 다 못 풀었으면 빨리 답이라도 베껴."

친구가 다급하게 말하는 소리에 정신을 차린 해원은 기계적으로 답을 옮겨 적었다. 휴대폰을 방해 금지 모드로 설정한 뒤 가방 안에 넣었다. 요즘 들어 학원 선생님은 해원을 못마땅해했다. 이렇게 될 줄 알았지만 그래도 자존심이 상하고 조금 비참했다. 같은 학원을 다니다가 졸업

한 선배가 말한 적 있었다. 선생님을 너무 믿지 말라고. 세 단계로 이루어진 시험을 통과해야만 들어올 수 있는 학원이긴 하지만 명성에 비해서는 여러 부분에서 허술했다. 삼진 아웃 제도를 도입해 엄격하게 원생들을 관리하며 목표에 도달할 수 있도록 돕는다고 홍보해 놓고 문제 푸는 과정을 주의 깊게 체크하진 않았다. 선생님들이 바라는 건 무슨 수를 써서라도 답안지를 채워 놓는 성의인 듯했다. 까다롭게 학생들을 통제하는 것도 신경을 기울이고 정성을 들여야 가능한 일이었다.

해원과 친구들은 선배들이 말한 학원의 비열하고 치사한 면을 조금씩 느끼고 있었다. 선생님들은 좀처럼 솔직하지 않다가, 학생들이 고3이 되면 그제야 현실을 말했다. 처음에는 믿고 따라오면 성적은 자연스럽게 오를 거라더니, 이제는 결과를 내는 것이 얼마나 힘들고 어려운지, 운도 따라야 하는데 이 운이라는 게 얼마나 예측 불가능한지 뒤늦게 얘기했다. 입시 철이 되면 더 자주 이야기한다고 했다. 가망이 없다고. 이래서야 원하는 대학에 가겠느냐고, 공부도 재능인데 재능이 없으면 노력이라도 하라고, 이렇게 하면 안 하는 것만 못하다고. 점점 비난의 강도를 높여 간다는 것이다.

“그래도 흔들리지 마. 그런 말 너한테만 하는 거 아니고 모두한테 하니까.”

그때는 귀담아듣지 않았던 선배의 말이 선명하게 떠올랐다. 선생님들은 몸을 사리고 책임을 전가하는 데 익숙했다. 그럼에도 불구하고 이 학원에 들어오려고 대기를 걸어 두는 학생이 얼마나 많은지 아느냐며, ‘아웃’당하지 않게 정신 똑바로 차리라는 말을 매일같이 들어야 했다.

신경이 예민해져서인지 주변의 모든 소리가 증폭되어 들리는 것 같았다. 친구들의 웃음소리, 샤프가 사각거리는 소리, 카랑카랑한 선생님의 목소리와 칠판에 필기를 하는 소리까지 오늘따라 유난히 거슬렸다. 해원은 머리가 지끈거리는 것 같아 이어플러그를 꼈다. 뜻대로 되는 일이 아무것도 없는 느낌이 들었다.

시안

1.

김해일을 만난 건 정말 예상하지 못한 일이었다. 나는 나조차 알 수 없는 마음으로 해일에게 알은 척을 했고 꽤 친근하게 대했다. 우린 병원 분수대 옆 벤치에 앉아 그동안 어떻게 지냈는지 이야기를 나눴다. 김해일의 얼굴은 굳어 있었다. 내가 반갑지 않으리라는 건 나도 당연히 예측할 수 있는데 해일은 달리 할 말이 없는지 자꾸 반갑다는 말을 되풀이했다.

"아깐 진짜 못 알아볼 뻔했다. 육 년 만인가? 너 키 많이 컸다. 하긴 아저씨가 키가 크시니까. 맞지? 내 기억으로는 그랬던 것 같은데."

"우리 아빠 키 보통이야. 키는 엄마가 큰 편이지."

"그랬나? 어쨌든 신기하다. 여기서 만나고. 너 이제 고3이지?"

뻔히 답을 아는 질문만 골라 하는 것도 당황해서 그런 듯했다.

"해원이랑 나랑 동갑이잖아."

"그랬지. 어쨌든 너무 반가워. 어떻게 여기서 만나지."

해일은 허둥대며 억지로 미소 지었다. 여름에는 시원한 물줄기가 음악에 맞춰 춤을 추는 분수대는 아직 3월이라 메말라 있었다. 밤이 되면 분수대 주위로 노란색의 따뜻한 조명이 켜져 꽤 낭만적인 분위기를 만들어 산책을 나온 환자나 가족들이 주변에 둘러앉아 있기 좋았다. 그런데 언제부턴가 조명이 한두 개씩 고장 나더니 지금은 켜진 조명이 적었다. 해가 지면 산책로는 어두컴컴했다. 여름이 되면 고쳐 줄까? 부디 그래 주기를 바랐다.

해일이 내 앞에서 긴장을 하니까 우습고 기분이 묘했다. 떳떳하지 않다는 사실을 기억은 하는 것 같았다. 그래서 기분이 최악은 아니었다.

"알레르기는 괜찮아?"

내가 묻자 해일은 그제야 자각한 듯 다시 팔다리를 긁었지만 기침은 더 이상 하지 않았다.

"이제 괜찮아. 아까는 진짜 죽을 것 같았거든. 진짠데……. 근데 나 좀 진상 같았지?"

"아프면 그럴 수 있지."

"너는 병원에 웬일이야? 도시락은 왜?"

무릎 위에 올려놓은 오므라이스가 차가웠다. 뭐라고 말해야 할까.

"여기 자주 와? 누가 아픈 거야?"

해일이 나를 떠보듯 물었다. 나는 금세 질문의 의도가 무엇인지 알 수 있었다.

"검사받았어. 생리 불순이 심해서. 좀 늦게 끝나서 도시락 사 오는 길이었어."

왜 이러는 거야? 무슨 속셈인데? 나는 내게 물었다. 얘가 믿겠어?

해일은 약간 난감한 얼굴로 어, 그래그래, 건강 챙겨야지, 덧붙이는 것 외에 다른 말은 없었다. 속으로는 무슨 생각을 했는지 모르지만.

해일은 궁금했을 것이다. 사실은 먼저 묻고 싶었을 것이다. 이모는 괜찮으시니? 하지만 알고 싶지 않았을 것이다. 그냥 믿고 싶은 대로 믿으며 살고 싶었겠지. 우리 모두 회복되었다고.

"어머니는 잘 지내셔?"

어머니라는 말이 좀 웃겼다. 예전에는 해일과 해원 모두 우리 엄마를 이모라고 불렀다. 나도 해일과 해원의 엄마를 이모라고 불렀고.

"잘 지내지."

해일의 표정이 눈에 띄게 환해졌다.

"진짜 다행이다. 나는 또……."

"설마 아직도 병원에 있을까 봐? 무슨 생각을 한 거야."

해일이 한시름 덜었다는 듯 안도의 한숨을 내쉬었다.

"걱정했어, 많이."

거짓말. 걱정을 했다면 지금까지 모른 척했을 리가 없다.

"우리 가족 다 잘 지내."

나는 계속 거짓말을 했다. 그리고 궁금한 것을 물어보

았다.

"해원이는 어떻게 지내? 보고 싶다."

"걔야 뭐, 걱정 안 해도 될 만큼 잘 있어."

해일이 마음 편해진 듯 솔직하게 대답했다.

나는 약간 서운하다는 말투로 그동안 왜 연락을 끊었느냐고, 모두 다 보고 싶다고 말했다. 그렇게 떠난 후에 소식이 없어서 걱정 많이 했어. 모두가 건강하길 기도했어. 그때 이후로 보지 못해서 아쉽고 안타까웠어. 오빠랑 해원이가 어떻게 생각할진 모르겠지만 나는 정말 궁금하고 보고 싶었어. 진심 반, 마음에도 없는 소리 반, 나는 무엇에 홀린 듯 술술 내뱉었다.

"어쩔 수 없는 일이었잖아. 고의도 아니었고."

내가 이렇게 말하자, 해일은 한층 표정이 밝아지더니 내 말에 동의한다는 듯 고개를 끄덕였다. 그리고 내 이해심에 감격했는지 눈이 촉촉해졌다.

"그렇게 말해 줘서…… 정말 고마워. 그때는 여기서 할 수 있는 게 별로 없어서, 우리 가족 다 지방에 내려갔었어. 그래도 지금은 극복하고 잘 지내고 있어."

해일의 웃음은 천진하다고 느낄 만큼 해맑았다. 극복이라는 말이 너무나 산뜻하게 들렸다.

"해원이는 이름도 바꿨어. 우리 가족 신상도 털렸잖아."

해원의 개명 소식은 많이 놀라웠다.

"마음고생 심했구나. 바꾼 이름이 뭔데?"

"지원. 김지원. 평범하지? 걔가 그걸 원했어. 지원이는 이름처럼 평범하게 잘 지내. 교회에서 반주도 맡아서 하고."

나는 해원에 대한 새로운 정보를 마음속에 새겼다. 피아노를 아직도 치다니. 내가 모르는 해원. 내 친구 해원. 평범한 일상을 누리고 있는 해원. 그게 가능하다니. 그동안 해원 생각은 되도록 하지 않으려 했는데 보고 싶었다고 말하고 나니 정말 보고 싶어졌다. 어떻게 살고 있는지 내 눈으로 확인하고 싶었다.

그다음엔? 만나서 어쩌자고? 애초에 책임을 물을 수 없는 일이야. 쓸데없는 짓 하지 마. 내 안의 내가 나를 말렸지만 나의 일부는 그것을 뿌리치고 이미 알 수 없는 방향으로 내달렸다.

"지원이 연락처 알려 줄까?"

해일이 밝은 표정으로 해원의 번호를 내게 넘겼다.

"내가 연락해 볼게. 나 만난 건 아직 비밀이야. 김지원, 그 이름은 뭔가 어색하네. 해원이 놀라게 해 줘야지. 해원이도 나 만나면 반가워하겠지?"

"그럼. 걔는 좋아 죽을걸."

내 표정이 꽤 괜찮았는지, 해일은 내 얼굴이 밝아 보여 마음이 놓인다고 여러 번 말했다. 보호자의 긍정적인 기운이 환자에게 좋은 영향을 준다는 말 때문에, 나는 늘 낙관적으로 생각하려고 했다. 하지만 생각이 자꾸 안 좋은 쪽으로 뻗어 나가는 것을 막기는 불가능했다. 그런 마음을 들키고 싶지 않아 밝은 척하는 연기만 늘었다. 해일은 아무렇지도 않게 예전 이야기를 했다. 그때는 너희 집에 살다시피 했지, 우리는 가족과 다름없었지, 친척보다도 더 가까웠지, 이모가 로제떡볶이를 만들어 주시면 내가 설거지를 했지, 설거지를 하다가 이모가 아끼던 그릇을 깨서 지레 겁먹고 울음을 터트렸지, 이모는 다정하게 웃으며 나를 달래 주셨지, 이모는 화내는 법이 없었지, 그래서 해원이와 나는 우리 엄마보다 이모를 더 따랐지.

그 일만 없었다면 우리는 지금까지 형제보다 더 가깝게 지냈을지 모른다. 아니, 분명 그랬을 것이다.

우리 엄마와 해원의 엄마, 그러니까 이모는 지역 맘 카페에서 만나 친해진 사이였다. 온라인으로만 이야기를 나누다가 어린이집 입학을 앞둔 아이 엄마들의 오프라인 모임에서 처음 얼굴을 봤다. 알고 보니 같은 아파트 단지에 사는 이웃이었고 두 사람은 금세 가까워졌다. 나는 기억이 나지 않던 시절부터 해원의 엄마를 이모라고 부르며 따랐고, 해원도 마찬가지로 우리 엄마를 따랐다. 이모는 회사에 다녔고 우리 엄마는 집에서 일했기 때문에 해원과 해일이 우리 집에서 저녁을 먹고 시간을 보내는 일은 흔했다.

해일과 해원은 연년생 남매였다. 우리 셋은 대부분의 것들을 함께했다. 같은 어린이집에 다녔고, 함께 피아노 학원을 다녔으며, 같이 수영을 배우러 다녔다. 해원이 먹는 것을 내가 먹었고, 해일이 못 먹는 건 나도 먹지 않았다. 그걸 당연하게 여기면서 살았다. 우리는 많이 싸웠지만 금방 화해했다.

초등학교에 다닐 땐 해원과 나, 우리 둘에게 쌍둥이냐고 묻는 사람이 많았다. 선생님이나 친구들은 우리 둘을 착각하기도 했다. 자세히 보면 얼굴은 전혀 다른데 입는 옷이나 머리 모양이 늘 비슷해 헷갈린다는 말을 자주 들었다. 그런 존재가 있다는 게 특별한 일이라는 걸 우리는 어릴 때부터 알고 있었다.

2.

무작정 학교로 찾아갈 때까지만 해도 긴장이라곤 없었지만 막상 해원을 볼지도 모른다고 생각하니 마음이 이상했다. 내 행동이 섣부른 게 아닌가, 해원을 곤란하게 하면 어떡하지, 사실 그럴 목적으로 온 게 맞긴 하지만 그런 마음을 잘 숨길 수 있을까, 크고 작은 고민들이 내 발걸음을 멈춰 세웠다. 혹시, 해원이 나를 모른 척하면 어쩌나…… 불안이 피어올랐다. 불현듯 오래전 내가 해원의 집에 찾아갔던 날이 떠올랐다.

그때 나는 먼저 퇴원한 해원과 해일을 걱정했다. 사람마다 다양한 종류의 후유증을 앓을 수 있다는 이야기를 들었기 때문이었다. 프록시모 바이러스에 걸린 사람 중 균형 감각을 상실하거나 손발에 마비가 오거나 원인을 알 수 없는 끔찍한 두통에 시달리는 사람들 이야기를 인터넷에서 봤다. 나도 전정 기관에 문제가 생겨 가끔 균형을 잃고 넘어지기도 했지만 그래도 후유증이 거의 없는 편이었다.

퇴원한 뒤 처음 해원의 집에 갔을 때, 현관문은 굳게 잠겨 있었다. 해원도, 해일도 내 전화를 받지 않았다. 감염자가 나온 후 몇 주간 우리 아파트 단지 일대의 통행이 전면 금지되고 강선구가 폐쇄되었기 때문에 해원과 해일의 가족이 어디에 있는 것인지 행방이 묘연했다. 몇 주 뒤 다시 해원의 집에 갔을 때는 이웃에게서 집이 팔렸고 현재는 리모델링 공사 중이라는 황당한 이야기를 들었다. 해원과 해일에게 전화하면 없는 번호라는 멘트만 반복해서 나왔다. 엄마가 혼수상태에 빠지고 나서도 나는 계속 해원의 연락을 기다렸다.

"김지원?"

나는 교문 앞에 서 있다가 지나가는 아이들 중에 해원과 닮은 아이에게 말을 걸었다. 두 명에게 말을 걸었는데, 두 명 다 자신은 김지원이 아니라고, 의아함과 당황으로 물든 표정으로 말하는 걸 듣고 나는 자신감이 떨어졌다. 해원을 금세 알아보고 찾을 수 있을 줄 알았는데 아니었다. 해원과 닮은 아이들은 왜 이렇게 많은지.

이번에야말로 해원이 확실하다고 생각해 친구와 팔짱끼고 걸어가던 아이를 멈춰 세웠다.

"지원아. 지원이 맞지?"

아이는 고개를 갸우뚱하더니 나를 머리부터 발끝까지 훑어봤다. 너도 나를 알아보기 힘들 수 있지, 아주 오랜만이니까. 나는 그 시선을 아무렇지 않게 받아 냈지만 그 애는 고개를 절레절레 흔들었다.

"나 지원이 아닌데."

아니라는 말을 듣고 나자 그 애가 해원이라기엔 터무니없이 작다는 생각이 들었다. 우리 둘 다 6학년 때 이미 담임 선생님과 키가 비슷했다. 내가 멈춰 세운 아이는 내 어깨에도 못 미칠 정도로 자그마한 체구였다. 왜 해원일지도 모른다고 생각했을까. 미안하다고 사과하자마자 아이는 말했다.

"3학년 1반 김지원 말하는 건가. 김지원 저기 가는데. 저기 분홍색 백팩."

화들짝 놀라 그 애가 손으로 가리킨 방향을 바라봤다. 한 무리의 아이들이 이미 교문을 지나 한참을 앞서가고 있었다. 얼굴은 보이지 않았지만 검은색과 하얀색 가방 사이에 튀는 핫핑크색 가방을 메고 가는 아이의 뒷모습이 눈에 들어왔다. 나는 곧장 그 가방을 따라서 뛰어갔다.

"김해원!"

그 아이가 뒤를 돌아보았다.

우연히 거리를 지나가다 어깨를 부딪쳤어도 절대 눈치채지 못하고 스쳐 지나갔을 얼굴이었다. 해원은 무의식적으로 돌아보았다가 해원이라는 이름에 반응한 자신에게 소스라치게 놀란 듯 고개를 숙여서 빠른 걸음으로 걸어갔다. 나는 해원의 가방을 잡았다. 팔짱을 끼고 걸어가던 해원의 친구들이 놀란 표정으로 물었다.

"누구세요?"

해원도 당황스러움을 감춘 채 내게 물었다.

“너도 나 못 알아봤구나.”

“누구신데요?”

“나야. 진짜 못 알아보겠어?”

해원은 아무런 반응도 없었다. 의심스럽게 나를 훑어보던 그 애는 내 얼굴을 빤히 바라봤다. 불쾌함으로 물들어 있던 표정이 무표정하게 굳었다. 하지만 어떤 반응도 할 수 없을 만큼 해원이 순식간에 얼어붙어 버렸다는 걸 알았다.

3.

해원은 친구들에게 무어라 말을 하더니 나더러 따라오라고 했다. 그리고 무언가에 쫓기듯이 앞서 걸었다. 우리는 한참을 걷다가 멈춰 섰다.

“넌 진짜 내가 안 반가운가 보다.”

내가 웃으며 말하자 해원이 고개를 저었다.

“그게 아니라…… 좀 당황해서 그래. 진짜 깜짝 놀라서.

꿈꾸는 줄 알았어."

"나도. 우리 서로 못 알아본 거 웃기지 않아?"

해원은 웃음기 없이 물었다.

"여긴 어떻게 알고 왔어? 혹시 전학 온 거야?"

"무슨 소리야. 고3인데 무슨 전학. 그냥 너 보러 온 거야."

"나 보러?"

"일단 배고프니까 밥부터 먹자. 넌 배 안 고파?"

해원은 잠시 망설이다가 어쩔 수 없다는 듯 걸음을 옮겼다. 상가 쪽으로 가는 길에 수제 햄버거 가게와 분식집이 여러 개 있었는데 모두 지나쳤다. 최대한 학교에서 멀리 떨어진 외진 곳으로 가고 싶어 하는 것 같았다. 해원이 멈춰 선 곳은 작은 샌드위치 가게였다. 우리는 샌드위치 두 개를 시켰다. 내가 계산하자 해원이 부담스러운 듯 곤란한 표정을 지었다.

"다음에는 네가 사."

고개를 끄덕이긴 했지만 달갑지 않아 보였다. 자리에 앉자마자 해원이 물었다.

"날 보러 왔다는 게 무슨 말이야? 어떻게 알았어?"

어떻게 알고 온 거야. 왜 나를 찾아낸 거야. 우리에게 무슨 볼일이 남았다고. 내게는 해원의 질문이 그렇게 들렸다.

“해일 오빠 만났어, 병원에서. 진짜 얘기 안 했나 보네? 너 얼굴 한번 보고 싶었어.”

해원은 나의 호의적인 태도에 경계심을 풀지 말지 망설이고 있었다. 미안함과 불편함, 찝찝함으로 갈피를 잡지 못하는 마음이 표정에서 다 드러났다. 나는 가방에서 해원을 위해 준비한 선물을 꺼냈다. 열어 보라고 눈짓하니 해원이 물끄러미 상자를 보다가 조심스럽게 열었다. 해원은 안에 든 물건이 무엇인지 바로 알아차리지 못하고 잠시 멍하게 바라보다가 살짝 웃었다. 웃으니 볼에 보조개가 파였다. 아주 오랜만에 보는 보조개였다. 나는 진심으로 반가웠다. 해원은 눈썹이 연하고 약간 밋밋한 인상이었다. 학교 앞에서 얼굴을 알아보지 못한 건 특유의 흐릿함 때문이었을 것이다. 해원의 미소를 보자 순식간에 그 애와의 시간들이 되살아났다.

“어, 이거…….”

“기억나?”

"당연하지…… 당연하잖아. 고마워."

"돌려주는 건데, 뭐."

"순간 내 물건인 줄 못 알아봤어."

상자 안에는 해원이 초등학생 때 쓰던 스마트워치, 해원이 좋아하던 마블 캐릭터가 그려진 컬러링북, 다이어리, 3D 펜, 장갑, 수영복이 있었다. 모두 해원이 우리 집에 두고 간 것들이었다. 그리고 지금까지 가져가지 않은 물건들. 나는 이걸 버리지 못하고 이사할 때도 챙겨 왔다. 해원을 다시 만날 거라고 기대한 적은 없는데, 왜 버리지 못했는지 나도 이해할 수 없었다.

해원은 스마트워치를 켰다.

"와, 이게 켜지네."

"충전해 뒀어."

"그대로야. 너무 신기하다. 너랑 했던 톡도 그대로 남아 있어."

"지운 적 없으니까."

해원은 활짝 웃으며 문자 내용을 하나하나 읽었다.

"너희 집에서 자고 가고 싶다고 엄마 조르는 내용이 반이네."

"그리고 해일 오빠 욕 하는 게 반."

우리는 열두 살처럼 웃었다.

"정말이네. 이걸 안 버리고 지금까지 가지고 있었어?"

"네 건데 어떻게 버려."

둘러댄 내 말에 해원은 감동을 받은 것 같았다. 때마침 진동 벨이 울려 내가 샌드위치와 주스를 챙겨서 돌아왔다. 얼핏 보니 해원의 눈시울이 붉었다. 과거의 물건들을 보니 새삼스럽게 옛 추억들에 마음이 흔들리기라도 했을까. 우리는 샌드위치를 먹으며 아까보다는 편안하게 서로를 바라보았다.

"우리 꽤 가까운 곳에 있었네."

지금 해원의 학교와 내가 다니는 학교는 걸어서 고작 십오 분 거리였다. 이곳은 강선구에서 지하철로 두 시간 넘게 떨어진 곳인데, 우리 둘 다 서울의 끝에서 끝으로 옮겨 온 것이다.

"신기해. 이렇게 만나니까."

나는 한껏 들뜬 표정을 지으며 해원의 동의를 구하듯

눈을 맞췄지만, 해원은 간신히 희미한 미소를 지을 뿐이었다.

"이름을 바꿨다며?"

내 물음에, 해원은 잠시 머뭇거리다가 내 컵에 자신의 주스를 나눠 부어 주며 조용히 말했다.

"응. 미안해."

"뭐가?"

"전부. 마지막에 인사도 없이 이사 간 것도. 너도 알지. 우리, 그때 사람들한테 욕을 너무 많이 먹어서 경황이 좀 없었거든. 다 엉망진창이었어."

나는 해원 가족이 버린 폐허를 떠나지 못하고 오랫동안 서성였다. 혹시나 내게 남긴 마음이 있는데 내가 발견하지 못했을까 싶어서.

"지금이라도 제대로 사과하고 싶어. 정말 미안해."

해원도, 해일도 금세 잘못을 인정했고, 변명 따위 하지 않았다. 그 선선한 사과를 받는 나는, 왜 기분이 석연치 않은 걸까. 해원과 해일이 선수 쳤다는 느낌 때문에 기분이 묘했다. 남은 샌드위치를 입 안에 욱여넣었다. 그때 아빠에게서 메시지가 왔다.

—딸. 오늘 아빠 야간 근무인 거 알지.

이번 주는 아빠가 야간 근무라 내가 밤에 엄마 곁을 지켜야 했다. 아빠와 나는 무엇으로부터 엄마를 지켜 내려는 걸까.

—10시까지 갈게.

—9시 30분까지는 와야 될 것 같은데?

—알겠어.

"정말, 정말로 내가 보고 싶어서 찾아온 거야?"

해원이 물었다.

"그 질문 세 번짼데. 안 믿기나 보네. 여기 우리 학교에서 생각보다 가깝더라. 내가 자주 놀러 올게."

해원은 고개를 끄덕이긴 했지만, '자주' 온다는 내 말에 눈빛이 흔들렸다. 곤혹스러운 마음을 숨기려 냅킨으로 공연히 테이블을 닦는 것이 보였지만 나는 눈치채지 못한 척 해맑게 웃었다.

"해원아."

"내 이름 지원이야."

"그래도 나는 내가 부르고 싶은 대로 부를래."

해원은 보일 듯 말 듯 얼굴을 찌푸렸다. 내키지 않는 것 같았지만 곧 고개를 끄덕였다.

"대신 혹시라도 내 친구 만나면 그때는 지원이라고 불러 주라."

"친구들은 원래 이름 모르는 거야?"

질문이 좀 황당하다는 듯 해원이 피식 웃었다.

"당연하지. 예전 이름을 알려 주면 바꾼 의미가 없잖아."

해원은 그간 어떻게 지냈는지를 짧게 요약해서 말했다. 해일이 말한 것과 똑같았다. 내게도 어떻게 지냈는지 물었고, 나는 병원 생활을 뺀 내 삶이 얼마나 빈약한지 모르지 않았기에 전부 꾸며서 대답했다. 나는 공부를 잘하지는 않지만 입시 스트레스는 적당히 받고, 학교 친구들과의 흔한 갈등에 머리가 아프고, 유명한 학원에 운 좋게 들어갔지만 효과는 크게 보지 못한 고3이 되었다.

내 얘기를 듣던 해원은 알림음이 울리자 휴대폰을 확인하더니 갑자기 얼굴색에 화색이 돌았다.

"누구야?"

"남친. 잠시만."

해원이 다급하게 전화를 걸었다.

"왜 전화를 이제 받아? 아니, 그게 아니라 걱정되니까 그렇지. ……미안해. 그렇구나. 바로 들어가 봐야 돼? 잠깐 물어볼 거 있는데 시간 안 돼? 몇 시에 끝나는데? ……알았어. 미안. 힘내."

대화 내용을 자세히 알지는 못해도 해원이 남자 친구를 아주 많이 좋아한다는 걸 알 수 있었다.

"걔한테 뭐 잘못했어?"

"조금. 근데 풀린 것 같아. 다행이다."

해원은 쉽게 사과했다. 약간 비굴하게 느껴질 정도로. 자기가 뭘 잘못했는지 잘 모르지만 일단 사과하고 보는 것 같았다. 그게 상대를 더 기분 나쁘게 하는 줄도 모르고.

우리는 번호를 주고받았다. 이제 어디로 가느냐는 해원의 물음에 학원에 간다고 말했다. 헤어지고 병원으로 가는 길에 해원에게 메시지를 보냈다.

—만나서 반가웠어.

사 분 뒤에 해원에게서 답이 왔다.

—우리, 생각보다 어색하지 않았던 것 같아. 예전이랑 똑같이 대해 줘서 고마워.

엄마의 심장이 멈춰 있던 시간이었다. 사 분. 노래 한 곡이 재생되는 시간. 의사는 사 분 이상 피가 공급되지 않은 뇌는 회복되기 어렵다고 했다. 의사도 예상하지 못했을 정도로 엄마의 상태가 급격하게 나빠졌고 새벽에 혼수상태에 빠졌기 때문에 우리는 아무것도 준비하지 못한 채로 그 상황을 맞았다. 식물인간 판정을 받은 뒤에는 여러 병원을 돌며 회복 가능성에 대해 물었다. 우리가 매달릴 수 있는 거라곤 고작 판정이 오진일지도 모른다는 희망 정도였다. 뇌 손상이 심해 예후가 좋지 못할 거라는 이야기를 되풀이해 듣고도 우리는 희망을 놓을 수 없었다.

4.

하루는 여전히 지난하고 무료하지만 가끔씩이나마 해원과 맛있는 것을 먹으러 다니는 게 좋았다. 내가 맛있는 걸 사 줄 수 있어서 좋았다. 해원은 늘 얻어먹어서 미안하다고 했지만, 세 번 만나면 한 번 정도는 해원이 샀다. 내 용돈이 떨어지지 않는 점을 그 애는 좀 신기하게 여기는 눈치였다. 우리의 빈곤을 아직 눈치채지 못하는 것을 보면 해원은 그다지 눈썰미가 있는 편은 아니었다. 하긴, 예전부터 그랬다.

재작년부터 가족을 간병하는 시간도 노동 시간으로 인정되어 나는 최저 시급을 받는 노동자가 되었다. 주말을 제외하고 5일, 하루 최대 7시간까지만 인정되지만 그래도 내겐 큰돈이었다. 아빠는 내가 간병을 해서 받은 돈은 전혀 손대지 않았다. 그 돈을 모아 고등학교를 졸업한 후 차를 사거나, 멀리 여행을 가거나, 유학을 가라고 했다.

"나중에, 나중에 말이야. 그건 너를 위해서 쓰는 거야."

하지만 나는 월급으로 엄마의 기저귀를 사기도 하고, 내 생리대를 사기도 하고, 쌀과 식빵, 우유, 휴지, 치약, 샴푸 등을 사서 집에 채워 둔다. 아빠는 그런 기본적인 생필품이 언제 떨어지고 어떻게 채워지는지 눈치채지 못한다. 돈 들어갈 곳이 생각보다 너무 많아서 아낀다고는 하지만 아직까지도 돈을 모으지 못했다. 하지만 내가 돈을 벌기 때문에 우리의 생활이 이전보다 약간은 나아졌다고 생각하면 위로가 된다. 엄마에게는 좋은 화장품을 발라 주고 싶어서 돈을 아끼지 않는다. 내 눈에는 엄마의 주름이 잘 보이지 않지만 엄마가 깨어나 거울을 보면 느끼겠지. 내 눈에만 보이는 내 이마의 여드름처럼 말이다.

해원과 다시 친해지는 건 쉬웠다. 우리는 금세 가까워졌다. 처음에 그 애가 나를 데면데면하게 대할 때도 나는 어느 정도 자신이 있었다. 그 애의 호불호, 그 애조차 잊고 있던 사소한 습관들까지 내 안에서 발굴될 때는 솔직히 나도 내가 신기했다. 이 많은 기억들이 어디 잠들어 있다가 지금 깨어났는지 모를 일이었다. 해원은 넌 어떻게 그런 것까지 기억하고 있어, 하면서 소름 돋는다고 했지만 그럴수록 나에 대한 애틋한 마음이 되살아나는 것을 느낄 수 있었다. 기억은 위력을 발휘했고, 해원은 내 생각보다 더 빨리 내게 기댔다.

해원과의 대화 소재는 끊이지 않았다. 특히 남자 친구랑 잘되고 있느냐는 질문에는 격한 반응을 보였다. 쌓인 게 많은지 밤마다 전화로 자신의 연애 이야기를 떠들었다.

"그러니까, 걔가 시험 기간에는 만나지 말자고 했다는 거지?"

"시험 기간이라서 그런 건지, 내가 싫어서 떼어 놓고 싶은 건지 모르겠어. 현수가 공부를 열심히 하는 편이긴 한데, 이렇게 이 주 동안 연락하지 말자는 건 좀 심하지 않아? 어떻게 생각해?"

내게 연애 상담을 하다니, 그렇게 주변에 물어볼 사람이 없는 걸까. 얼굴도 모르는 현수인가 연수인가 하는 애 마음을 내가 어떻게 안다고. 나는 주변에 아는 남자애조차 없었다. 하지만 최대한 고민해서 말했다.

"기한을 정해 둔 걸 보면 네 남자 친구 말 믿어도 될 것 같은데? 싫은 사람한테는 그렇게 정확한 이유를 말해 주진 않잖아. 그냥 두루뭉술하게 나중에 전화할게, 바쁜 일 다 끝나고 전화할게, 이런 식으로 하지."

"그러니까 이 주만 기다리면 현수가 연락할 거라는 거지, 네 말은?"

나야 모르지, 그렇게 말하고 싶었다. 솔직히 정말 자신이 없었다.

"그럴 것 같은데. 믿어 봐."

"하긴, 현수는 화나면 연락을 안 받지, 이렇게 친절하게 이유를 설명해 주는 성격은 아니니까. 얘가 거짓말을 하는 애는 아니거든, 진짜로."

"화난다고 연락 안 받는 성격도 문제인 것 같은데."

"너도 그렇게 생각해? 사실은 내가 말을 안 해서 그렇지, 있잖아, 예전에 어떤 일이 있었냐면……."

해원은 쉬지 않고 말했다. 나는 해원과 대화하며 엄마의 기저귀를 갈고, 피딩을 했다. 이어폰을 너무 오래 끼고 있어서 귀가 따가울 때까지 대화했다. 키 170센티미터에 몸무게 60킬로의 엄마는 하루에 고작 1,200킬로칼로리를 먹는다. 묽은 유동식이 목에 뚫은 관을 통해 잘 흘러 들어가는지 유심히 관찰해야 한다. 피딩이 끝난 후엔 엄마의 환자복을 갈아입혔다. 커튼을 치고 옷을 갈아입히며 피부를 샅샅이 살폈다. 혹시라도 욕창이 생긴 곳이 있는지, 그럴 기미가 있진 않은지 점검해야 했다.

"근데 무슨 소리야? 이상한 소리 들리는데."

"아무것도 아니야."

나는 텔레비전 음향을 높였다. 정씨 아줌마의 헛구역질 소리가 커튼 너머로 들려왔다. 아줌마는 위 절제 수술 후에도 식욕은 그대로라 몰래 군것질을 하곤 했다. 잘 참다가도 며칠에 한 번씩은 자신을 제어하지 못해 간호사들의 집중 감시를 받았다. 오늘도 몰래 외출해 햄버거 세트를 먹은 뒤 모두 게워 내고 몇 시간째 고생하고 있었다.

"어떻게 좀 해 줘."

아줌마는 기운 없이 널브러져 간호사를 몇 번이나 호출했다. 반복되는 아줌마의 일탈을 뒤처리하는 간호사들도 지쳐 보였다.

"주사 놓을게요. 정수인 님 저녁은 금식입니다."

이런 소란이 일면 같은 병실을 쓰는 사람들도 안절부절못하게 된다. 병실 사람들은 아줌마 곁을 서성이며 몸이 좀 어떤지, 춥지는 않은지 물으며 이불을 여며 주었다. 나는 이런 일에도 적응이 된 걸까. 시큼한 토사물의 냄새, 고통 때문에 저절로 새어 나오는 아줌마의 신음, 반복되는 텔레비전 보험 광고. 사망 시 일억 원 지급이라고 말하는 목소리에도 흔들리지 않게 되었다.

"시안, 듣고 있어?"

"응."

"시험 끝나고 방 탈출 게임 하러 가는 게 좋을까, 영화관에 가는 게 좋을까?"

"네 남자 친구 의견이 중요하지. 같이 얘기를 해 봐. 현수가 가고 싶어 하는 곳으로 가."

"데이트 코스 짜는 것도 힘들다."

"목소리는 엄청 신나 보이는데?"

"아니야. 너무 힘들어. 넌 현수가 얼마나 까다로운지 몰라. 근데 있잖아, 귀여워."

엄마의 팔꿈치에 각질이 일어나 로션을 발랐다. 씻기고 싶어도 혼자 힘으로는 어림도 없었다. 아빠가 있어야 했다. 내가 이만큼 컸어도 아직 엄마가 나보다 커서, 엄마를 안아 옮기거나 씻기거나 업는 것은 불가능한 일이다. 눈으로만 보고 있을 땐 엄마 몸이 깃털만큼 가벼울 것 같고 금방이라도 부서질 것 같지만, 기저귀를 갈거나 몸을 돌려 눕힐 때엔 엄마의 무게를 실감하게 된다.

중학생 때까지는 엄마가 빨리 깨어나기를 기다렸다. 조

금만 인내하면 건강한 엄마를 볼 수 있을 거라고 생각했다. 고등학생이 된 후로는 내가 얼른 간병에 능숙해지는 게 상책이라고 생각했다. 계속하다 보면 엄마를 돌보는 일이 익숙해질 줄 알았는데 이상하게 점점 더 힘에 부친다.

해원은 현수와의 관계가 나쁘지 않을 때는 성적 때문에 스트레스를 받는다며 전화했다. 이번 주에 본 학원 모의 평가에서 반에서 5등을 했다고 말했다. 5등이면 잘하는 거 아닌가. 들어 보니 기본 2, 3등급은 되는 것 같았지만 해원에게는 만족스럽지 않은 성적인 듯했다.

"이게 내 진짜 실력이야. 늘 이렇게 어중간했어. 나 망한 거 같지? 엄마한테 말해야 하는데, 말을 못 하겠어."

학교에서 오자마자 홍씨 할머니의 부탁으로 황도 통조림과 은단을 사기 위해 편의점에 다녀왔다. 오씨 할머니는 요즘 새치가 너무 많아졌다며 문병 오는 손주들 보기 민망하니 새치 염색을 좀 도와달라고 부탁했다. 나는 몇 주 동안 오씨 할머니를 찾아온 가족을 본 적이 없다.

어른들은 내게 아무렇지 않게 심부름을 시킨다. 식판을 가져와 달라거나 화장실까지 부축을 해 달라거나, 설거지를 대신 해 달라거나. 누구는 창문을 열어 달라고 말하고, 누구는 신경질을 내며 추우니 닫으라고 말한다. 간호사를 불러 달라는 부탁을 하루에 수십 번도 더 받는다. 최선희 선생님은 적당히 거절하라고 조언했지만 몸이 불편한 어른들의 부탁을 거절하기보다 들어주는 일이 훨씬 마음 편하다는 것을 나는 이미 안다.

"지금은 어디야?"

"학원 가고 있어. 오늘 선생님한테 뭐라 그러냐. 막막해. 차라리 크게 화를 내셨으면 좋겠어. 요즘 나한테 관심 하나도 없는 거 다 티 나. 숨 막혀."

"선생님을 바꾸면 안 돼? 성의껏 가르쳐 줄 선생님이 분명 있을 텐데."

"이 쌤이 명문대 많이 보낸 걸로 유명해. 엄마한테 말하면 절대 안 된다고 할걸."

해원은 매일매일 고민거리가 한가득이었다. 고민이 이렇게 다채로울 수 있다는 게 신기했다.

"시안, 넌 어딘데?"

나는 그저 엄마를 바라보고 있었다. 회색빛 하늘을 바

라보는 엄마를.

"학원이지. 전화 끊자. 이제 수업 들어가야 해."

오늘도 해원에게 거짓말을 했다.

"너 학원 어디 다닌다고 했지?"

"우리 학교 근처. 근데 왜?"

"거기 EBS 강사 출강하는 곳 맞지? 수업 끝나면 너희 학원 앞으로 갈게. 아이스크림 먹자."

"오늘은 안 돼. 학원 늦게 끝나."

"저번에도 바쁘다더니. 왜 넌 맨날……."

해원이 서운한 목소리로 말끝을 흐렸다.

"내가 진도를 못 따라가서 그래."

"적당히 해."

내가 깜빡 존 사이에 엄마가 잘못되면 어떡하지, 그런 두려움 때문에 쏟아지는 잠을 쫓는 마음을 넌 모르겠지. 해원의 빡빡한 일정을 관찰자의 입장에서 보기 시작한 후로 나는 내가 세상에서 얼마나 낙오되어 있는지 실감했다. 보통 사람들의 진도를 죽을 때까지 따라잡지 못할 수도 있다는 생각으로 내 미래에 실망하게 되었다.

5.

아빠와 교대하고 집으로 돌아온 뒤 다이어리에 하루를 정리했다. 엄마의 아주 작은 반응이라도 적어 둬야 마음이 편했다. 그리고 어제와 오늘의 다른 점을 하나라도 기록해야 시간이 흐르고 있다는 걸 받아들일 수 있었다. 나는 종종 지금이 여름인지 겨울인지 헷갈린다. 내가 열셋인지 열일곱인지 헤아려 보다가 열아홉인 걸 깨닫고 화들짝 놀란다.

1. 이온 음료로 혀 자극.
2. 피딩 끝나고 엄마 '우우우우' 소리 냄.
3. 손톱 깎음.
4. 어제와 같이 묽은 황토색 변.
5. 엄마 휴대폰 정지 문자 옴.(내일까지 요금 내야 됨.)

엄마가 식물인간 판정을 받은 뒤, 나는 배터리가 없어 꺼졌던 엄마의 휴대폰을 충전시켰다. 켜지자마자 밀려들던 메시지들로 나는 한 사람의 삶을 유지하기 위한 비용이 얼마나 비싼지 알게 되었다. 휴대폰 요금을 비롯해 아파트 관리비와 각종 서비스 비용 청구서가 쌓여 있었고 암 보험료나 치아 보험료가 미납되었다는 독촉 문자도 수시로 왔다. 그리고 지금, 나는 휴대폰을 통해 한 사람이 세상에서 잊히는 과정을 본다.

엄마의 휴대폰 번호는 그대로 살아 있는데 아무도 엄마에게 안부 문자나 전화를 하지 않는다. 가끔 오는 문자들은 돈을 빌려주겠다든지, 선거에서 꼭 투표를 해 달라든지, 무슨 요금을 언제까지 납부해야 한다든지 하는 것들뿐이다.

엄마를 찾아오는 사람은 이제 없다. 오랫동안 엄마의 간병을 돌아가며 도왔던 외할머니와 이모마저도 이젠 바빠서 자주 찾아오지 못한다. 모두가 생계 활동을 하고 있으니까 어쩔 수 없다. 엄마의 대학 친구가 마지막으로 온 게 재작년이니 이 정도면 발길이 끊어졌다는 표현이 정확할 것이다. 내가 엄마의 지인들에게 조금 더 살갑게 말을 걸고 감사의 표현을 제대로 했다면 이렇게 되지는 않았을까? 엄마의 지인들이 찾아왔을 때 쭈뼛거리던 내 모습, 묻는 말에 성의 없이 한 대답, 제때 건네지 못해 냉장고에 쌓여 있던 주스…… 요즘은 그런 것들이 생각나곤 한다.

다른 사람들이 엄마에게 점점 소홀해지더라도 나만은 그러지 않을 것이다. 엄마는 집에서 일을 했지만 늘 바빴다. 적은 보수를 받으면서 단순노동에 불과한 일들을 하는 사이사이에 의미 있는 일을 하기 위해 몸부림친 엄마의 흔적들을 발견하면 과거로 돌아가 엄마를 안아 주고 싶어진다.

엄마는 굉장히 다양한 일을 했다. 그중에서도 블로그를 통해 수익을 창출하기 위해 오랜 시간 공을 들였다. 나는 기억 속의 엄마가 희미해지려고 할 때 엄마의 블로그에 들어가 본다. 화장품이나 청소기 사용 후기를 정성스럽게 써서 올리기도 하고, 드라마 리뷰를 하거나 서평을 올리기도 했다. 엄마가 읽었던 책을 나도 몇 권 찾아서 읽어 봤다. 『책 한 권으로 주식 전문가 되기』, 『화성에 정착하다』, 『100억대 자산가의 귀농 일기』. 처음에는 전혀 관련성이 없는 책들 같았는데, 읽다 보니 엄마는 더 나은 삶을 상상하고 계획했다는 생각이 들었다.

때로는 간단한 재료로 만들 수 있는 아이들 간식 레시피를 스스로 개발해 소개하기도 했다. 댓글을 쓴 사람들에게 정성스럽게 남긴 답 댓글을 보면 엄마가 사랑스러운 사람이었다는 걸 알게 된다.

향기님. 오늘도 레시피 잘 봤어요. 저번에 올려 주신 레시피로 리소토를 만들어 줬더니 채소를 싫어하는 우리 아이도 맛있게 잘 먹더라고요. 오늘도 배워 갑니다.

ㄴ 유나 엄마님. 도움이 되었다니 정말 기쁘네요! 아이가 저체중이라 걱정이라고 하셨던 게 기억나요. 앞으로도 건강한 레시피 더 고민해 볼게요. 브로콜리가 없을 때는 다른 채소를 넣어도 돼요. 파프리카나 콜라비, 청경채를 넣어도 우리 아이는 잘 먹었습니다. 오늘 올린 고구마샐러드는 맛도 좋지만 특히 아이들이 변비가 심할 때 먹이면 효과가 좋아요. 우리 딸이 어릴 때 변비가 심했는데 제가 만든 고구마샐러드를 먹은 후로 변을 잘 봐서 너무 기분이 좋았답니다. 아이가 평소에 견과류를 싫어하면 고구마샐러드 속에 숨겨 보세요. 있는지도 모르고 잘 먹을 거예요!

엄마를 일으켜 세울 수 있는 게 무엇일지 곰곰이 생각했다. 엄마를 자극하기 위해서라면 가리지 않고 했다. 저주파 전류를 흘려보내는 물리 치료를 삼 년 넘게 했으며, 무언가가 떠오르면 바로 엄마에게 실험을 해 보곤 했다. 나는 소설책을 엄마에게 매일 50페이지씩 읽어 주고 결말은 일부러 말해 주지 않았다. 엄마는 책을 좋아하니까, 결말을 알고 싶은 호기심이라는 게 남아 있다면 제발 정신을 차리라는 뜻에서였다.

모든 노력과 정성이 물거품이 되는 느낌은 아무리 반복해도 익숙해지지 않는다.

해원

1.

시안은 육 년간의 공백 따윈 아무것도 아닌 듯 행동했지만 해원은 시안을 상대하는 것이 한동안 어색했다. 남들에게는 하지 못할 이야기를 무심코 털어놓았다가도 문득 예전 일이 떠오를 때면 몸과 마음이 뻣뻣해졌다.

사실 시안이 무작정 찾아온 그날, 해원은 집으로 돌아오며 다시는 시안을 만나고 싶지 않다고 생각했다. 자신을 속속들이 다 아는 인간이, 최악의 모습까지 다 아는 인간이 어딘가에 살아 있다는 사실만으로도 부담스럽고 수치스러웠다.

서울에 돌아왔을 땐 조금 두려웠다. 아는 사람을 만나

게 될까 봐. 특히 시안을 다시 만나게 될까 봐 떨렸다. 전에 살던 동네에서 버스로 두 시간쯤 떨어진 동네다 보니 지인을 우연히 만나는 극적인 일은 일어나지 않았다. 해원은 지원의 삶에 익숙해졌다.

—나 지금 끝남.

그래서 이렇게 시안에게 메시지나 전화가 오면 기분이 오묘했다. 자신을 거리낌 없이 대하는 시안이 조금 미심쩍었다가도 그런 경계심이 과잉이라고 느껴져 멋쩍었다. 두 사람은 서로의 성격을 잘 아는 만큼 잘 맞았다. 특별히 노력하지 않아도 저절로 그게 됐다.

중간고사가 끝난 기념으로 해일이 시안과 해원을 데리고 드라이브를 시켜 주겠다고 했다. 해일은 필기에서 한 번, 실기에서 두 번, 도로 주행에서 한 번, 총 네 번 떨어진 끝에 운전면허 시험에 합격했다. 요즘 밤마다 엄마에게 연수를 받고 있었다. 해일은 경기도에 있는 대학교에 입학했는데 매일 세 시간 넘게 버스를 타다 보니 2학기부터는 직접 차를 몰겠다며 엄마의 차를 탐냈다.

해일과 해원은 시안의 학교 앞으로 가서 기다렸다. 정문으로 시안이 터덜터덜 걸어 나왔다. 무표정하고 지친 얼굴이었다. 해일이 차창을 열고 시안의 이름을 부르자 시안이 주위를 두리번거리다가 차를 발견하고 달려왔다. 약간 피곤해 보였던 시안의 얼굴이 순식간에 밝아져서 해원은 왠지 뭉클했다.

"이거 오빠 차야?"

"김해일이 엄마 졸라서 오늘만 빌린 거야. 시안, 안전벨트 매. 쟤 완전 초보야. 여기 오는 길에도 멀미 나더라."

"오빠, 천천히 가. 나 여기서 죽기 싫으니까."

"나 완전 잘할 수 있거든?"

시안과 해원은 뒷자리에 나란히 앉아 안전벨트를 맸다. 백미러 아래에 가족사진이 담긴 조그마한 펜던트가 달랑거리고 있었다. 사진을 물끄러미 바라보는 시안에게 해원이 말했다.

"저거 내가 만든 거다. 저 사진은 엄마 아빠 결혼기념일에 가족 여행 가서 찍은 거야."

"예쁘네."

"아, 너 시험 잘 봤어? 난 망한 것 같아."

시안은 잠깐 눈을 굴리더니, 글쎄, 하며 얼버무렸다.

"야, 그게 뭐야."

"원래 학교 나오면 다 잊어버리는 거 아니야?"

해일은 그게 당연한 거 아니냐며 시안의 편을 들었다. 아주 오랜만에 세 명이 모였지만 전혀 낯설거나 어색하지 않았다. 해일은 교외로 나가고 싶어 했지만 시안의 학원 수업 때문에 멀리 갈 수는 없었다. 그 대신 천천히 달리며 충분히 바람을 쐤다. 오늘따라 하늘이 파랬다.

"시안, 너네 학교는 급식 맛있어?"

"너는 대학생씩이나 돼서 질문이 그게 뭐냐. 고3한테 물을 게 그거밖에 없어?"

"그거보다 중요한 게 어디 있어."

해일의 유치한 질문에도 시안은 밝게 웃으며 말했다.

"진짜 별로야. 일주일에 한 번은 꼭 짜장밥 나오는데 그 날은 매점 가. 오빠네 학식은?"

"그럭저럭. 그래도 돈가스가 삼천 원이라서 가끔 먹어."

"대학교에 친구 많아?"

"쟤 아싸야."

"니가 뭘 알아."

"딱 보면 알지."

"세 시간 통학의 아픔을 니가 알아? 그러는 자기도 친구 없으면서."

"나는 남친이 있잖아."

시안과 해일이 동시에 야유했다.

"시안이는? 그러고 보니 너도 이사 와서 친구 새로 사귀느라 힘들었겠다."

"그래서 아싸야."

잠시 분위기가 숙연해졌다가 금세 웃음이 터졌다.

"우리 다 왜 이러냐."

"옛날처럼 우리끼리 붙어 다녀야 돼."

카페에 들어가 세 사람은 시안이 챙겨 온 사진첩을 돌려 봤다. 연도별로 사진이 정리되어 있었다. 시안의 사진첩이었지만 대부분의 사진에 해일과 해원도 함께였다.

"같이 바다 갔던 때네. 얼굴 새카맣게 탄 거 봐."

"나 기억나. 우리 보트도 탔었잖아."

"오빠, 우리 그때 미역이랑 조개 잔뜩 주워서 엄마한테 가져갔던 거 기억나?"

"그걸로 미역국 끓여 달라고 했는데 이모가 엄청 당황하면서 마트에서 파는 게 아니라서 자신 없다고 했지."

해일은 초등학생 때로 돌아간 것처럼 신나 보였다. 자꾸 목소리가 높아져 해원이 주변 테이블의 눈치를 볼 정도였지만 반려동물을 동반할 수 있는 카페라 왁자한 분위기인 것이 다행이었다. 크고 작은 강아지들이 테이블마다 주인의 무릎이나 발밑을 차지하고 있었다.

"다음에 우리 집에 놀러 와. 우리 집에 강아지 있는 거 알아?"

"해원이한테 들었어."

"진짜 귀여워. 사진 보여 줄게."

시안과 해일은 얼굴을 맞대고 소금이 사진을 보며 앓았다. 정신없이 떠드는 와중에도 시안은 중간중간 시간을 확인하며 삼십 분 남았다, 십오 분 남았다, 오 분 후에 나서야겠다고 중얼거렸고 그럴 때마다 해원은 덩달아 조급해졌다. 한편으로는 시험이 끝난 날에도 느슨해지지 않고 평소와 다름없이 행동하는 시안에게 조금 주눅이 들었다.

스스로 정한 시간이 되자 시안은 망설임 없이 몸을 일으켰고 해원과 해일은 그 기세에 떠밀리듯 카페에서 나왔다. 해일이 시안의 학원으로 내비게이션을 찍고 차에 시동을 걸었지만 차는 출발하지 않았다. 해일이 눈에 띄게 허둥대자 시안이 무슨 일이냐 물었고 해일의 얼굴은 당혹감으로 물들었다.

"왜 시동이 안 걸리지?"

셋은 주차장에서 십 분째 발이 묶였다. 본다고 뭐가 달라지는 것도 아닌데 해일은 보닛을 열고 이것저것 건드려 보면서 식은땀을 흘렸다. 결국 아빠에게 전화를 걸어 도움을 청했다. 아마도 배터리 문제 같다고 했다. 시안은 휴대폰으로 시간을 확인하며 초조해하다가 결국 먼저 가겠다고 했다.

"시안아, 미안하다. 내가 택시비 줄게."

"괜찮아. 다음에 맛있는 거 또 사 줘. 오늘 재밌었어."

해원과 해일은 차 안에서 지는 노을을 바라보며 아빠를

기다렸다.

"태워다 주려고 했는데, 아쉽네."

해일이 중얼거리는 소리를 들으며 해원도 허전함을 느꼈다.

2.

시안에게만은 예전의 일을 숨기려 조심하거나 긴장하지 않아도 된다는 것이 해원의 마음을 편하게 했다. 해원은 많은 것을 친구들에게 숨겼다. 고등학교 친구들은 해원이 개명한 사실을 알지 못했다. 초등학교 6학년 때 지방으로 이사 갔다가 사 년 만에 다시 돌아온 해원의 말투에는 지역을 특정할 수 없는 사투리가 남아 있었는데 사투리를 알아챈 아이들은 어디에서 왔는지 꼭 물어보았다. 해원은 아빠가 지방으로 발령받아서 몇 년간 지방에서 살았다고만 말했다.

혹시나 초등학교 친구들을 만날까 봐 예전에 살던 동네 근처로는 절대 가지 않았다. 유치원 때부터 중학교 때까지 쓰던 안경을 벗고 동네 마트에 갈 때도 반드시 렌즈를 꼈다. 머리는 목덜미가 드러날 만큼 짧게 유지했다. 뭔가를 숨기려다 보니 혹시나 실수를 하게 될까 두려워 말수가 줄고 소심해졌다. 의심을 사거나 오해를 받을까 봐 강박적으로 과거 이야기는 하지 않았다. 고등학교 친구들은 해원을 조용하고 우유부단한 아이로 알고 있었다. 학기 초마다 프록시모 백신 접종 시기가 되면 해원은 식은땀이 나고 손이 떨렸다.

시안은 해원을 배려해서인지 감염병 이야기는 꺼내지 않았다. 오히려 해원이 한밤중 도망치듯 서울을 떠났던 일, 전학 간 학교에서 한동안 혼자 밥을 먹었던 일, 그때의 감정을 시안에게 이따금 털어놓곤 했다. 과거 일을 이야기하면 어쩔 수 없이 분위기가 무거워지는 것 같아서 그마저도 되도록 피했다. 다행히 그것 말고도 할 이야기는 많았다. 시안과 통화를 한 후에는 말이 너무 많았나, 너무 내 얘기만 했나 싶었지만 시안이 잘 받아 줘 계속 주절거리게 되었다.

같이 밥을 먹을 때 시안은 해원이 면 종류를 싫어한다

는 것을 알아서 라면이나 짜장면, 파스타를 피해서 골랐고 우유를 쓰지 않는 디저트 가게를 찾아내서 데리고 갔다. 한번은 벌레를 보면 기겁하는 것을 기억하고 거미가 교복에 붙었을 때 눈을 가려 준 일도 있었다. 갑자기 눈은 왜 가려, 묻자 아무것도 아니야, 하더니 한참 후에야 거미가 붙어서 떼어 내느라 그랬다고 말했다.

거리를 두고 싶었던 마음이 시안을 만나면 만날수록 점점 희미해졌다. 처음에 시안을 만났을 때 더 반가워하지 않은 것이, 불편하다는 티를 낸 것이 뒤늦게 미안했다.

시안

1.

나는 익숙한 공포를 느끼며 눈을 떴다. 눈동자만 굴려서 주위를 살폈다. 몸이 결박된 듯 움직일 수 없었다. 손끝 발끝 어디에도 힘이 들어가지 않고 아무런 감각이 없었다. 천장에 무언가가 고여 있었다.

그것은 떨어질 듯 말 듯 일렁거리며 점점 더 몸집을 부풀렸다. 그리고 곧 사람의 형상과 비슷해졌다. 물방울이 떨어지듯 내 몸 위로 뚝 떨어지더니 침대 밑으로 훅 빠져나갔다. 비슷한 그림자들이 쉴 새 없이 뚝뚝 떨어져 내렸지만 전부 관통할 뿐이었다. 내 몸을 차지하려는 시도가 분명했다. 그것들이 내 몸을 통과할 때마다 서늘함에 체

온이 조금씩 떨어지는 것 같았다.

어느 날부터 나는 가위에 눌렸다. 잠들기 싫어서 밤새 텔레비전을 보거나 방마다 불을 켜 놓고 노래를 크게 틀어 놓았다. 아빠는 아침에 들어와 불을 하나하나 끄면서 나무랐다. 이러면 관리비가 많이 나온다며. 차라리 잠자리가 불편해도 병원에 있는 것이 나았다. 심할 때는 매일매일 가위에 눌렸다. 엄마 곁을 지키기 위해 자정에 집을 나서는 아빠의 등에 저주하듯 소리쳤다.

"엄마는 외로움 같은 거 못 느껴. 우리가 곁에 있는지 없는지 알지도 못할걸. 그냥 버리자!"

사실 이런 말을 소리 내어 한 적은 없다. 이건 모두 꿈이다. 만약 말을 했으면 우리 삶이 지금보다는 더 나았을지도 모른다. 나는 치밀어 오르는 것을 삼키며 어두운 방에 익숙해지려 노력했다.

엄마가 식물인간 판정을 받은 후 아빠는 나를 외할머니 집에 맡기고 일 년간 병원에서 살다시피 했다. 할머니가 더 이상 나를 맡아 줄 수 없는 상황이 되자 집으로 데려왔다. 우리는 병원 생활이 이렇게 길어질 줄 몰랐지만 잘 이겨 내고 있었다. 나는 어리광을 부리거나 혼자 아무것도 못 하는 철부지가 아니었다. 아빠는 회사와 병원을 오가며 헌신적으로 엄마를 간호했다. 병원에 우리 짐이 점점 많아졌다. 내가 중학생이 되고부터는 번갈아 가며 병원 보호자 침대에서 잤다. 요즘은 오후에는 내가, 야간에는 아빠가 엄마를 지킨다. 한 명은 늘 엄마 곁을 지켰기 때문에 누군가는 집에 혼자 남게 됐다.

외롭고 어두운 밤, 나는 마비된 듯 누워 있다. 눈을 굴려 희미한 불빛을 바라보면 "불 끄고 자야지." 하고 스탠드가 말한다. 그리고 "또야? 일어나. 정신 차려."라고 말을 거는 거울이 있고, 냉장고는 웅웅거리며 뭐라도 먹으라 권한다.

프록시모 바이러스 유행이 시작되었을 때 해원과 나는 초등학교 6학년이었다. 감염되면 현기증을 동반한 엄청난 두통이 시작된다고 했다. 뉴스에서 감염병의 확산 속도가 얼마나 빠른지, 증상이 얼마나 심한지, 신규 감염자가 몇 명이나 발생했는지 매일 보도되었지만, 그때만 해도 내 주변은 물론 우리 동네에도 감염자가 없었기에 우리에게는 먼 나라 이야기처럼 느껴졌다. 치사율이 5퍼센트가 넘는다는 뉴스에도 아랑곳하지 않았다. 우리에게는 신경 써야 할 다른 일상이 있었다. 해원은 피아노 콩쿠르에 나갈 예정이었고, 나는 겨울 방학 때 가족들과 해외여행을 갈 생각에 잔뜩 들떠 있었다.

2.

오늘은 해원의 생일이다. 메시지를 보낼까 말까 고민하다 모른 척하는 게 더 어색한 것 같아 학교 가는 길에 축하한다고 보냈다.

—어떻게 알았어?

—왜 몰라. 어떻게 잊어버리냐. 넌 내 생일 기억해?

—당연하지! 10월 9일이잖아. 한글날. 이거 잊어버리면 바보지.

—오늘 친구들이랑 파티해?

—아니, 친구들은 몰라.

그러고 보니 해원은 SNS에도 생일 알림 설정을 꺼 둔 것 같았다. 친구들과 사이가 좋지 않은 걸까? 수능 준비로 바쁘겠지만 그래도 학교 친구들과 조촐한 파티라도 할 줄 알았다. 당연하게도 내가 낄 틈은 없을 거라고 생각했는데, 그게 아니었나.

—그럼 학교 끝나고 만날래?

자세하게 묻는 대신 나는 이렇게 보냈다. 해원은 한참이나 답장이 없었다. 친구들과 파티를 하는 대신 가족들과 시간을 보낼지도 모른다고 뒤늦게 생각했다. 아니면 남자 친구와 단둘이 데이트하려고 일부러 시간을 빼놓았는지도 모른다. 괜히 눈치 없이 굴어 해원을 곤란하게 한 건가 싶어 후회하려던 찰나, 해원에게 답장이 왔다.

—그래도 돼? 너 학원은?

정말 혼자인 걸까? 네가 혼자일 이유가 뭔데.

오늘은 6교시까지만 수업을 하기 때문에 다른 요일보다 한 시간 일찍 수업이 끝난다. 저녁만 먹고 헤어진다면 괜찮지 않을까.

—하루 정도는 지각해도 될 것 같은데.

—진짜지? 어디에서 볼까?

—내가 너희 학교 앞으로 갈게.

—너 시간 괜찮으면, 신촌 갈래?

—거긴 좀 멀지 않나. 길도 잘 모르는데.

—나도 잘 모르는데 가 보고 싶어서.

너무 먼 곳이었다. 아무리 빨리 돌아와도 6시까지는 무리였다. 미안하지만 그건 힘들겠다고 말해야지. 가까운 곳에서 맛있는 걸 먹자고 해야 한다. 하지만 마음 한편에서 한 시간 정도는, 때에 따라서 두 시간 정도 여유를 부리는 건 괜찮을 거라고 나를 설득하는 목소리가 들렸다. 삼십 분 정도 늦는다고 말하면 최선희 선생님은 별 의심을 하지 않을 것이다. 어찌 됐건 선생님은 6시 정각에 퇴근을 할 것이고 내가 너무 늦지 않게만 가면 아무도 뭐라고 하지 않을 것이다.

—그래. 가자.

너무도 쉽게 규칙을 어기는 내가 낯설었다.

3.

우리는 지하철역 앞에서 만났다. 눈치를 못 챘으면 좋았을 텐데, 나는 꽤 눈썰미가 좋았다. 해원의 눈이 빨갛게 부어 있었다. 평소보다 아이라인을 두껍게 그리고 아이섀도를 진하게 해서 가리려고 한 것 같지만 가라앉은 해원의 기분이 감춰지진 않았다. 지하철을 타고 한 시간은 가야 했다. 자리가 없어서 우리는 마주 보고 따로 앉았다. 가는 동안 해원은 이어폰을 끼고 노래만 들었다.

생일에 겨우 나를 만날 정도로 해원은 친한 친구가 없는 걸까? 남자 친구가 그 정도의 시간도 내주지 않는 걸까? 급히 오느라 나는 해원의 생일 선물도 사지 못했다. 어렸을 땐 서로의 생일을 챙기는 것이 당연한 일이었는데.

문득 그때가 생각났다. 내 열 살 생일 파티에는 해원과 해일을 포함해 네 명의 친구밖에 오지 않았다. 초대장을 열 명에게 줬는데도 그랬다. 같은 날 우리 반 반장의 생일 파티가 있어서 모두 그곳으로 간 것이었다. 속상하고 서운한 마음에 눈물이 날 뻔했지만 이모, 그러니까 해원의 엄마에게 엄청난 선물을 받는 바람에 눈물이 쏙 들어갔다. 나는 우리 반에서 가장 먼저 태블릿 PC를 갖게 되었다. 나는 중학생이 되고 그 태블릿이 고장 날 때까지 아주 잘 썼다. 열 명의 친구와 나눠 먹으려고 마련한 많은 음식들을 우리끼리 배부르게 먹은 뒤 공원에 가서 뛰어놀았다. 그날은 충분히 즐거운 생일로 기억되었다.

신촌에 도착했지만 여기서 우리가 뭘 하면서 놀 수 있는지 감이 오지 않았다. 이번 주에 장을 보느라 남은 돈이 많지 않아서 조금 걱정이 되기도 했다. 우리 또래는 거의 보이지 않고 어른들밖에 없는 것 같았다. 배가 고파 먼저 밥을 먹기로 했다. 해원이 웬일인지 양식을 먹고 싶다고 해서 우리는 파스타집으로 들어갔다.

"왜 신촌에 오자고 했어?"

해원은 머뭇거리더니 기어드는 목소리로 말했다.

"이 근처에 내가 가고 싶은 대학이 있어."

"어디?"

"창피해서 김해일한테도 말 못 했어. 갠 나 비웃을걸."

"그게 왜 창피한데?"

"내 실력으로는 무리거든. 선생님은 당연히 안 될 거라고 생각해서 상담할 때도 그 학교 전형은 짚어 주시지도 않아."

나도 모르게 빤히 해원을 바라보았다.

"네가 봐도 좀 터무니없지?"

"아니, 좀 신기해서. 예전에는 너 내가 하는 거 그냥 다 따라 하고 다녔잖아."

"그땐 어렸으니까 그렇지. 네 건 다 좋아 보여서 엄마한테 사 달라고 조르고 그랬는데."

"맞아. 너 그랬어."

해원은 속도 없이 웃었다. 안 되면 어떡할 거냐고 묻자 해원이 말했다.

"안 되면, 사실 안 될 확률이 더 높으니까……. 합격 못 하면 성적에 맞는 학교 가야겠지. 그래도 원서는 내 보려고. 오늘은 구경하고 싶어서 온 거야. 학교 투어 같은 거 많이 하잖아. 부끄러워서 애들한테 같이 가자는 말도 못 했거든."

"나랑 오는 건 괜찮아?"

"너는 괜찮지."

해원이 나를 믿는 게 좋으면서도 불편했다. 왜 내게 거리낌이 없는지, 그래도 되는 건지 묻고 싶었다. 그때 음식이 나왔다. 토마토파스타와 알리오올리오였다. 평범한 맛이었지만 접시가 화려해서 고급스러운 요리를 먹는 기분이 들었다. 나는 음식을 먹으며 주변을 둘러보았다. 우리 빼고는 대부분 대학생이나 직장인들로 보였다. 옆 테이블에 대학생으로 보이는 서너 명의 여자들이 샴페인을 따르며 웃고 있었다. 축하해, 축하해, 앞으로 더 잘 되길 바라, 그런 말을 주고받고 있었다. 저 사람들은 무엇을 축하하기에 저렇게 즐겁고 들떴을까.

"넌 가고 싶은 대학 있어?"

해원이 나에게 물었다. 할 수 있는 말이 없었다. 나도 알고 있다. 고3은 현실적으로 자신의 성적을 받아들여야 하는 때라는 걸. 상향과 하향을 나눠서 나는 이 정도를 목표로 하고 있다고 말할 수 있어야 한다. 지난주까지 면담이 있었지만 나는 내 순서에 상담실로 들어가지 않았다. 우리 학교는 졸업 후 바로 취업을 하겠다는 아이들이 많은 편이라 선생님도 따로 나를 부르지 않았다.

“가고 싶은 대학은 없는데 과는 있어.”

내가 그렇게 말하자 해원이 궁금한 듯 눈을 동그랗게 떴다. 나는 생각나는 대로 말했다.

“사회복지학과. 점점 더 복지가 중요해지고 전문적인 지식이 있는 사람이 필요할 거래.”

“아…… 나도 뉴스에서 보긴 했어. 노인, 장애인 복지 개선이 필요하다, 뭐 그런 거.”

“사회복지학과 가면 취직 걱정은 없을 것 같아. 보람도 느낄 수 있을 것 같고.”

한 번도 그런 일을 하고 싶다고 생각한 적 없는데도 나는 막힘없이 말했다. 오히려 가장 피하고 싶은 일인데도 불구하고, 남을 돕는 일에 종사하고 싶다고 가증스럽게 거짓말을 했다.

해원은 내 말을 집중해서 듣다가 걱정스러운 얼굴로 조심스럽게 말했다.

“그렇긴 한데, 좀 고생스러울 것 같아. 얼마 전에 우리 동네에 사는 독거노인이 돌아가신 지 이 주 만에 발견됐다고 뉴스에 나왔거든? 그 할아버지를 복지사가 발견했다고 했어. 네가 그런 일을 겪을 수도 있잖아. 트라우마에 시달릴 수도 있고……."

비슷한 경험을 한 노인들을 병원에서 종종 봤다. 뇌출혈로 쓰러져서 몇 시간이나 정신을 잃었다가 간신히 의식이 돌아와 스스로 119에 신고를 해서 병원에 온 할아버지, 화장실에서 넘어져 골반이 부러진 상태로 기어 나와 이웃의 신고로 입원한 할머니. 운이 나빴다면 자신은 거기서 그대로 죽었을 거라고, 피붙이가 없으니 한참 뒤에나 발견되었을 거라고 담담한 얼굴로 말했다. 그런 말은 여러 번 들어도 익숙해지지 않았다. 내 일이 아닌데도 막막하고 견딜 수 없이 무서웠다.

내가 별다른 반응이 없자 해원은 자신이 괜한 이야기로 초를 쳤다고 생각한 모양인지 재빠르게 사과했다.

"미안, 그냥 갑자기 그 생각이 나서. 생각해 보니 너랑 잘 어울려. 아동 복지 쪽도 어울릴 것 같고."

"그래?"

"응. 정말 그래."

해원이 내게 확신을 주듯 고개를 끄덕이며 웃었다. 내게 선택할 미래가 있기나 할까.

4.

우리는 파스타를 먹고 VR 게임방에 갔다. 해원이 원해서였다. 헬멧처럼 생긴 기계를 쓰고 의자에 앉았다. 여러 테마 중에서 좀비 시티를 선택했다. 해원이 무서운 건 질색이라고 했지만 나는 좀비물을 좋아했다. 우리는 시작하자마자 좀비들에게 쫓기는 신세가 되었다. 사십 분 안에 좀비에게 물리지 않고 지정된 빌딩 옥상 위로 올라가 구조 헬기에 무사히 오르는 것이 미션이었다.

"네가 오른쪽 맡아."

1라운드도 넘기지 못했는데 목숨이 두 개나 줄어들어 있었다. 한 명당 다시 살아날 수 있는 기회는 다섯 번이었다. 이유도 없이 우리를 쫓는 좀비가 너무 사실적이라서 가까이 오면 썩은 냄새가 풍기고 옷에 피가 묻을 것 같았다. 해원은 비명을 지르며 내 팔을 끌어당기고 매달렸다.

"게임이라고, 게임."

내 목소리가 전혀 들리지 않을 정도로 해원은 게임에 몰입해 있었다. 그것이 너무 재밌어서 웃음을 터뜨렸다. 사방에서 튀어나오는 좀비들에게 뜯기지 않기 위해 나는 해원을 끌고 건물 안으로 숨어들었다. 너무 많은 좀비들이 입구를 막고 있었다. 우리에겐 총알이 백 개씩밖에 없었다. 한 번 쏠 때 정확히 좀비의 머리를 조준해서 날려야 했다. 귀를 찢을 듯이 울리는 총성이 내 몸을 관통하는 것 같았다. 흥분으로 심장이 두근거렸다. 숨소리를 죽이고 살금살금 건물 옥상을 향해 올라갔다. 계단으로 올라가는 동안 좀비가 마치 잘 익은 과일처럼 우리 머리 위로 후두두 떨어져 내렸다.

"좀비 얼굴이 왜 이렇게 익숙한 거지. 너무 소름 돋아."

"다 똑같이 생겼던데."

"아니야. 자세히 봐. 다 다르게 생겼어."

"그래 봤자 좀비지."

내가 쏜 총에 팔다리가 날아가는 좀비를 보면 통쾌했다. 죽여도 죄책감이 느껴지지 않았다. 좀비가 죽어야 내가 사니까. 헤드셋을 통해 해원의 거친 숨소리와 떨리는 목소리가 들려왔다. 해원은 마음이 약해졌는지 좀비를 제대로 조준하지 못하는 바람에 엉뚱하게 총알을 허비해 옥상까지 올라가기도 전에 총알이 바닥나 버렸다.

어디선가 차가운 바람이 불어왔다. 긴장감을 극대화하기 위해 3라운드에서는 바닥이 흔들리고 에어컨에서 찬 바람이 나오고 있었다.

"스릴 넘치는데."

"너무 무서워. 그만하자."

"안 돼. 거의 다 왔는데 왜. 내 뒤에 붙어서 따라와."

날카로운 눈으로 사방을 살피며 옥상을 향해 올랐다. 이제 한 층만 남겨 두고 있었다. 그새 좀비들을 상대하며 사격 적중률이 높아졌는지 이제는 단숨에 좀비의 머리를 날려 버릴 수 있었다. 해원이 찢어질 듯한 비명을 질렀다. 내 뒤를 따라오던 해원이 겁에 질려 머뭇거리는 틈을 노려 좀비가 해원의 목을 물어뜯은 것이었다. 나는 재빨리 좀비의 몸을 쏴서 해원에게서 떨어뜨렸다.

"너, 목숨 하나 남았다."

"아직도? 왜 이렇게 목숨이 질긴 거야. 애초에 목숨이 다섯 개라니 말이 안 되잖아. 차라리 죽는 게 나아. 몇 번이나 죽었다 살아났다 하는 게 더 힘들어."

"애써 살려 줬는데 왜 헛소리야. 이제 옥상이다. 시간 오 분밖에 안 남았어. 난 여기서 탈출할 거야."

"시안아, 너 무슨 장군 같아 지금."

옥상에 다다르자 빌딩은 금방이라도 무너질 듯 진동이 심해졌다. 내 총알도 바닥나 이제 뒤돌아보지 않고 뛰는 수밖에 없었다. 헬멧 안에 땀이 가득 차 목덜미로 흘러내렸다.

"이제 뛰는 거야. 저 문만 열면 돼."

우리는 뛰었고, 마침내 옥상 문을 열었다. 날카롭게 눈을 찌르는 강렬한 햇빛이 마치 현실인 듯 VR룸을 가득 채웠다. 동시에 진동이 잦아들고 따뜻한 햇볕이 내 몸을 감싸 안았다. 그래픽이지만 그래도 햇볕 아래 서니 땀에 젖은 축축한 영혼이 마르는 느낌이었다. 내 안에 있는 그늘이 소독되는 기분. 그러나 모두 '느낌'일 뿐이라는 것을 나는 알고 있었다. 옥상에 올라 먼지 속에 잠긴 폐허를 내려다보았다. 저 아래에 완전히 숨이 끊어진 좀비들이 산처럼 쌓여 있었다.

5.

내가 넋을 놓고 있자 해원이 내 손을 잡고 나를 먼저 헬기에 태워 올려 보냈다. 그런 후 자신도 헬기에 올랐다. 우리는 종료 시간 팔 분을 남겨 두고 미션에 성공했다.

좀비 시티를 벗어나자 "VR 체험 시간이 종료되었습니다. 좀비 시티 미션 석세스. 리스트 공개. 역대 순위 6위" 하고 자막이 떴다.

헬멧을 반납한 뒤 우리는 서로의 모습을 보고 웃음을 터뜨렸다. 특히 해원은 나를 보며 숨이 넘어가게 웃었다.

"그렇게 웃겨?"

"물에 빠진 것 같아, 너."

"나 적성에 맞는 일을 찾은 거 같아."

"좀비 청소부? 잘하긴 하더라. 너무 소리를 질렀더니 목이 쉰 것 같아."

"배도 다 꺼졌다."

"간식 먹자, 시안 장군."

해원이 내게 팔짱을 끼고 밖으로 이끌었다. 우리는 탕후루와 회오리감자를 먹으며 돌아다녔다. 거리에 버스킹을 하는 사람들이 많았다. 길거리 한복판에 피아노가 놓여 있었고 연주하는 사람 주위로 행인들이 빙 둘러서서 구경하고 있었다. 중간중간에 음을 틀리는데도 사람들은 엄청난 호응을 하며 박수를 쳐 주었다. 피아노를 치는 사람이 행색이 초라한 노인이라서 더 관심을 받는 것 같았다.

돈이 없는데도 옷 가게나 소품점에 들어가서 이것저것 구경했다. 난 대학생 되면 이런 거 다 살 거야, 살 빼서 예쁜 옷 입을 거야, 해원은 그런 말을 계속했다. 악기사를 지나갈 때는 피아노를 가리키며 어른이 되면 돈을 모아서 꼭 집에 피아노를 들여놓을 거라고 했다. 지금은 교회에 가야만 피아노를 칠 수 있어서 아쉽다며. 해원은 초등학생 때 예술중학교 입시를 준비한 적도 있을 만큼 피아노에 애정이 깊었다. 실력도 상당해서 콩쿠르에서 상을 여러 번 타기도 했다. 그때 전학을 가지 않았다면 계속 입시

레슨을 받았을 것이다. 피아노를 포기했다는 사실이 해원의 마음에 구멍을 낸 것은 분명해 보였다.

우리는 처음 와 보는 골목길로 겁 없이 들어가 구석구석 빠짐없이 구경했다. 걸어도 걸어도 이상하게 발이 아프지 않았다. 해원은 아이스크림 가게 앞에 세워진 눈사람 모양의 마스코트 옆에 서더니 사진을 찍어 달라고 했다. 나란히 볼을 붙이고 있으니 마스코트 볼에 있는 발그레한 홍조와 해원의 볼에 있는 보조개가 꽤 비슷해 보였다. 나는 풋, 하고 웃으며 가방에서 휴대폰을 꺼냈다.

—언제 오니?

—무슨 일 있어?

—오고 있는 거지? 아빠 지금 출근해야 하는데.

—시안. 오늘부터 아빠 야간 근무라고 했는데, 잊었니?

—일단 출근할게.

—아니다. 오늘 아빠 일 못 간다고 말해 뒀으니까 걱정하지 마. 그 대신 문자 보면 전화해.

나는 오 분에서 십 분 간격으로 쌓여 있는 문자를 보고 순간적으로 소름이 돋았다. 까맣게 잊고 있었다. 아빠의 출근 시간이 이번 주부터 바뀌었다는 걸. 아빠가 지난주에 보낸 문자를 다시 확인했다.

—최 선생님: 오전 6시~오후 3시

아빠: 오후 3시~오후 8시

시안: 오후 8시~오전 6시

일주일만 고생하자. 고맙다, 딸.

회사 사정 때문에 일주일간 야간 근무를 해야 할 것 같다고 착잡한 표정으로 말하는 아빠에게 내가 있는데 무슨 걱정이냐, 큰소리친 게 생각났다. 시간을 보니 아빠의 출근 시간이 이미 한 시간이나 지나 있었다. 아빠는 내가 연락을 받지 않자 발길이 안 떨어져 결근을 한 것이다. 당일에 월차를 낼 수 있는 일이었을까. 근무 시간 바꾸는 걸 거절할 수 있었다면 처음부터 거절하지 않았을까. 혹시 나 때문에 잘리면 어떡하지? 심장이 빠르게 뛰었다. 교묘하게 엄마 아빠를 속이려던 시도가 모두 까발려진 것 같아 창피했다. 두려워서 아빠에게 전화를 걸 엄두가 나지 않았다.

어찌할 바를 몰라 머뭇거리고 있을 때 해원의 목소리에 정신이 들었다.

"시안, 찍었냐고. 잘 나왔어? 나한테 보내 줘."

해원은 기분이 좋아 보였다.

"나 지금 가 봐야 될 것 같아."

"응? 지금?

해원은 당황스러워하다가 금세 울상이 되어 발을 동동 굴렀다.

"갑자기 왜?"

"오늘 해야 할 일이 있었는데 깜빡했어."

"우리 생일 기념사진도 찍기로 했잖아. 그럴 시간도 없어?"

"다음에, 다음에 찍자."

"알았어. 그럼 지하철까지 같이……."

"나 정말 급해서 뛰어가야 될 것 같아. 넌 천천히 와."

"시안아!"

나는 해원을 내버려 두고 정신없이 버스 정류장으로 향했다. 정확히 어디로 가야 하는지 알 수 없었지만 무작정 뛰었다. 주변 풍경이 너무 빠르게 바뀌어서 아직도 내가 VR룸 안에 있는 것 같았다. 뛰면서 계속 나 자신에게 소리쳤다. 미쳤어. 미친 거야. 돌았어.

밤 10시가 되면 병실의 불은 꺼진다. 내가 병실로 들어왔을 때 깜깜한 실내에 음소거가 된 텔레비전 화면만 밝게 빛나고 있었다. 엄마를 등지고 앉아 아빠가 음악 오디션 프로를 보고 있었다. 아빠는 텔레비전을 보고 있는 게 맞을까. 사람들이 나와서 입만 벙긋거리는 모습을 무슨 마음으로 뚫어지게 바라보고 있는 걸까.

"아빠."

내가 속삭이듯 부르자 아빠가 돌아보더니 험악한 표정으로 얼굴을 구겼다.

"어디 갔다 온 거야, 도대체. 걱정했잖아. 전화라도 했어야지."

아빠는 잠든 환자들이 깨지 않도록 목소리를 최대한 낮

춘 채 화를 냈다. 나는 엄마 침대로 가까이 다가갔다. 자고 있는 줄로만 알았는데 엄마는 눈을 뜨고 있었다. 눈을 뜬 채 어두운 천장을 바라보고 있는 엄마.

"친구랑…… 놀다 왔는데……."

아빠는 나를 무표정하게 바라보았다.

"왜 그랬는지 모르겠어. 잊어버리고 있었어."

나는 괜히 엄마의 손을 잡았다. 아빠가 화내지 않게 도와달라는 듯이. 그때 한숨을 쉬더니 아빠가 말했다.

"됐다."

"다시는 안 그럴게. 진짜 착각했어."

"오늘은 아빠가 여기 있을 테니까 들어가서 쉬어."

아니야, 아니야. 나는 그렇게 중얼거리다가 눈물이 터졌다. 내 눈물이 떨어졌을 때 엄마가 눈을 감았다. 우연이겠지만 외면당한 것 같아 가슴이 조여 왔다. 내가 소리 내어 울자 홍씨 할머니가 눈을 떴다.

"아가, 밤중에 왜 우냐?"

아빠는 내 어깨를 감싸서 복도로 데리고 나왔다.

"뭐 이런 걸로 울고 그래. 그럴 수도 있지."

"회사 안 가 봐도 돼?"

"괜찮아. 말해 뒀어."

"잘린 거 아니야?"

아빠가 희한한 말을 들었다는 듯 황당해하며 웃었다.

"요즘 일손이 얼마나 귀한데. 이런 걸로 안 잘리니까 걱정하지 마."

아빠는 내게 웃어 보였다. 그런 표정으로 애써 나를 달랬지만 전혀 도움이 되지 않았다. 차라리 화를 내는 게 나았다. 정신 똑바로 차리라고, 책임감을 가지라고.

6.

나는, 내가 좀 오래 죄책감을 느끼면서 우울해할 줄 알았다. 하지만 해원과의 시간은 편안하고 즐거웠을 뿐 아니라, 강렬했다. 나는 집에 와서도 생생하게 그날을 곱씹었다. 해원과 신촌에서 놀던 시간들이 자꾸 떠올랐다. 떠올리면서 피식피식 웃었다. VR로 보는 좀비가 무섭다고 호들갑 떨던 목소리, 딸기 탕후루를 두 개나 양 볼에 넣고

햄스터처럼 나를 올려다보던 표정, 돈이 없는데도 옷 가게에 들어가서 이 옷 저 옷 걸쳐 보던 모습. 생일 기념사진을 못 찍고 온 게 내내 마음에 걸렸다. 다음에는 해방촌에 가자고 했던가. 나는 틈이 날 때마다 해방촌 맛집을 검색하다가도 이런 내 모습에 소름이 돋아서 괜히 해원의 연락을 무시했다. 그게 내가 나를 벌주는 방법이었다.

"일이 있었다며. 아빠가 그날 저녁에 와 줄 수 있냐고 전화를 하셨는데 나도 사정이 있어서 나올 수가 없었어. 마음이 편치 않더라."

"그냥, 그날은 일이 좀 있었어요."

나는 최선희 선생님을 올려다보았다. 젊은 시절 운동선수이지 않았을까 싶게 농구나 배구가 어울리는 골격에 레고가 연상되는 짧은 바가지 머리, 두껍고 진한 눈썹. 약간은 거칠고 강한 인상과는 달리 선생님은 섬세하고 꼼꼼한 사람이다. 최선희 선생님을 만난 건 행운이라고 생각하지만 아주 가끔, 서운함을 느끼는 순간이 있다. 절대로 시간외 근무를 하지 않는 것, 자기 얘기를 하지 않는 것. 이건 선생님이 세운 규칙인 듯했고 예외는 없었다.

최선희 선생님은 나를 가여워하지 않고, 필요 없는 말을 하지 않는다. 약속은 반드시 지키고 지금까지 엄마를 담당했던 간병인 중에서 유일하게 엄마에게 말을 걸어 준 사람이다.

처음 최선희 선생님이 엄마를 맡았을 때만 해도 나는 선생님에게 완전히 마음을 열지 못하고 있었다. 선생님이 간병을 하고 있을 때도 집에 가지 못하고 엄마 주위를 서성이거나 하루 종일 병원 복도를 배회했다.

"아직은 제가 불편하시죠. 좀 더 노력할게요. 우리 서로 익숙해져요."

보호자 침대에 앉아 졸고 있을 때 이 말을 들었다. 선생님은 다정하게 엄마 귓가에 속삭이며 수건으로 엄마 몸을 닦아 주었다.

7.

나는 하루에 서너 번 엄마의 기저귀를 간다. 최선희 선생님도, 아빠도, 규칙적으로 엄마의 기저귀를 간다. 기저귀를 가는 것은 간병에서 가장 중요한 일이라고 할 수 있다. 엄마의 존엄성이 그것으로 보장된다고 해도 과언이 아니다. 엄마는 냄새에 민감한 사람이다. 엄마를 닮은 나도 그렇다. 조금이라도 때를 놓치면 엄마의 몸은 악취를 풍긴다. 견디기 힘들 만큼의 악취가 엄마와 나를 괴롭힌다.

—시안. 무슨 일 있어?

—왜 연락을 계속 안 받아. 그날 내가 뭐 잘못했어? 화난 거 있으면 그냥 말해 줘. 나 이런 거 정말 싫어하는 거 알잖아. 내가 오늘 얼마나 힘들었는지 알아? 숙제 안 해 갔다고 쌤이 아웃이래. 지금까지 다니면서 그 아웃 소리 안 들으려고 내가 얼마나 노력했는데.

—시안. 나 정말 물어볼 거 있는데, 전화 좀 받아 주면 안 돼?

해원에게서 오는 메시지가 쌓여 갔다. 해원은 자신의 생일을 그런 식으로 망쳐 버린 나에게 화를 내기는커녕 사정을 하고 있었다.

병실의 공기는 답답하고 건조했다. 환기가 필요할 것 같아 창문을 조금 열었다. 오늘 급성 장염으로 입원한 여자가 자신의 엄마에게 춥다고 짜증 내는 소리가 들렸다.

"저기, 문 좀 닫아 줘요. 우리 애가 춥다네."

"네. 죄송해요."

창문을 닫은 뒤에도 여자의 신경질적인 목소리가 이어졌다. 주사를 맞은 부위가 아프다고 주물러 달라는 둥, 휴대폰 충전기를 왜 안 가지고 왔느냐는 둥, 병원 밥은 맛이 없으니 내일은 밖에서 도시락을 사 오라는 둥 쉬지 않고 자신의 엄마에게 요구했다. 여자의 엄마, 흰머리가 검은 머리보다 더 많은 아줌마는 여자에게 자꾸만 미안하다고 했다. 비슷한 장면을 수도 없이 봐 왔다. 아프면 모두 어린아이처럼 행동했다. 다른 사람을 배려하지 않고 자기만 생각했다. 고마운 줄 모르고. 이게 얼마나 힘든 일인지도 모르고. 나는 그런 걸 보면 괜히 마음이 상했다.

—시안아. 오늘 너희 학원 앞에 갔었어. 너 만나려고.

—너를 아는 애들이 없더라.

—거기 다닌 적 없는 거지?

—지금 어디야, 도대체?

메시지를 확인하며 나는 손을 조금 떨었다. 내가 그곳에 없는 이유를 뭐라고 변명해야 할지. 어떻게 둘러대야 너의 의심을 사지 않을까. 거짓말을 위한 거짓말을 더 이상 하지 않아도 된다는 생각에 안도하는 동시에 또 어떤 말로 이 생활을 숨겨야 할지 암담했다.

침대 커튼 너머에서 끙끙 앓는 소리가 초저녁부터 지금까지 이어지고 있었다. 정씨 아줌마가 고통을 참는 소리였다. 어디가 많이 안 좋으세요, 간호사 불러 드릴까요, 물 한 잔 드릴까요, 하고 묻던 사람들도 이제는 그 소리에 무뎌져 각자 할 일을 했다. 드라마 주인공이나 뉴스에 나오는 정치인들을 욕하는 소리에 신음 소리가 묻혔지만 나는 정씨 아줌마의 가쁜 호흡이 자꾸만 거슬렸다. 도움을 구하고 있는 것 같기도 했지만 애써 무시했다.

8.

오늘은 최선희 선생님이 일이 있다고 퇴근 시간을 조금 앞당겼기 때문에 평소보다 조금 더 서둘렀다. 뒷문으로 나가려고 할 때 누군가가 강한 힘으로 내 가방을 끌어당겼다. 난 그 힘에 휘청거리며 뒷걸음질 쳤다. 뒤를 돌아보자 낯선 얼굴이 불만스러운 표정으로 나를 보고 있었다.

"야, 너 또 그냥 가게?"

"뭐가. 이거 놔."

"장난해? 너 나랑 청소해야 하잖아. 13, 14번. 이번 주에 당번인 거 몰랐어?"

"몰랐는데."

내가 무표정한 얼굴로 대답하자 그 애는 잠깐 당황한 것 같았지만 그런 표정을 지으면 지는 거라고 생각한 모양인지 아까보다 더 험상궂은 표정을 지었다.

"칠판에 적혀 있는데 왜 몰라. 월요일이랑 화요일에 수업 끝나자마자 붙잡을 새도 없이 튀어 나가길래 급한 일 있는 줄 알고 아무 말 안 했더니. 양심 없어?"

"진작 말하지. 몰라서 간 거야 난."

"하, 핑계는."

"몰랐다고. 몰랐다니까? 오늘부터 모레까지 나 혼자 할 테니까 그냥 가. 이게 뭐라고."

사실 나는 평소에 칠판을 보지 않는다. 수업 시간 내내. 그뿐만 아니라 학교에서 내 번호가 몇 번인지도 잊고 있었다. 이런 사실을 일일이 말하면서 변명하고 싶진 않았다. 나의 뻔뻔함에 13번은 기가 막힌 듯 잠시 아무 말도 못하고 헛웃음을 지었다. 13번이 나를 부를 때만 해도 그 애 기분은 나쁘지 않아 보였다. 이틀이나 혼자 청소를 하고도 대수롭지 않아 보였는데 지금은 나 때문에 화가 머리끝까지 차오른 것 같았다.

"미친년. 개념도 없고, 책임감도 없고. 개노답이네."

누군가에게 그렇게 노골적으로 욕을 먹은 건 처음이었다. 책임감이 없다는 얘기도 태어나서 처음 들었다. 13번은 내 발밑에 빗자루를 던지더니 가방을 챙기기 시작했다. 갑자기 얼굴에 열이 올라 화끈거리고 땀구멍이 열리며 땀이 흐르는 게 느껴졌다.

지금까지 나는 남들의 평가에 그리 신경 쓰지 않고 살아왔다. 특히 학교에서의 평판 같은 건 아무렇지도 않았다. 게으르고 학교생활에 의욕이 없다는, 불성실하다는 선생들의 평가는 한 귀로 듣고 한 귀로 흘릴 수 있었다. 하지만 무책임하다는 말은 참기 힘들었다. 병원에서 만나는 어른들은 내게 일찍 철들어 엄마를 돌보는 게 기특하다고 했고, 우직하고 책임감이 강하다고 말했다. 내 생각에도 내 유일한 장점은 책임감이 강하다는 것이었는데 청소를 못 했다고 이런 이야기를 듣다니 모욕적이고 억울했다.

그러니까 다른 건 몰라도 책임감이 없다는 소리를 듣고는 참을 수가 없었다. 나는 13번 어깨를 잡고 돌려세웠다. 니가 뭘 알아, 니가 뭘 아는데. 내가 소리를 지르자 13번이 멈칫하더니 눈을 사납게 뜨고 순식간에 내 머리채를 휘어잡았다.

"뭐야, 이 미친년이!"

13번은 나보다 머리 하나가 작았지만 악력이 만만찮았다. 고개가 꺾여 그 애 쪽으로 끌려갔다. 남아 있던 몇몇 애들이 웅성거리다가 우리를 뜯어말렸다. 야, 그만해. 왜 이러는데. 그만하라고. 이년이 갑자기 시비잖아. 또라이 같은 게. 말로 하라니까? 야, 안 되겠다. 쌤 불러와! 그 소리를 들은 발 빠른 누군가가 교실 뒷문을 여는 소리가 들리자마자 13번이 불에 댄 듯 내 머리채를 놨다.

"야. 놨다고! 쌤 부르기만 해 봐."

13번은 내 어깨를 힘껏 밀어냈고 나는 우스꽝스럽게 넘어졌다. 그 애는 손목이 아픈지 두어 번 주무르더니 친구들 손에 이끌려 교실을 나갔다.

"내가 참는다."

"괜찮아? 저년 뭐야, 진짜?"

모두가 나를 노려보다가 내가 고개를 들고 바라보자 시선을 피하며 가방을 마저 싼 뒤 교실을 나갔다. 나는 차가운 바닥에 잠시 그대로 있었다. 칠판에 또렷하게 적힌 글자가 이제야 눈에 들어왔다. 이번 주 당번 13, 14번. 이곳에도 나의 역할이 있었다는 게 믿기지가 않았다. 그리고 그 아래에 적힌 이 세계의 법칙들.

서로를 배려합시다.

예쁜 말 쓰기.

학교 폭력 집중 단속 기간.

오늘까지 수행 평가 제출하기.

그리고 파란색 글씨로 강조된

수능 D-150.

이곳은 낯설고, 내가 속할 수 없는 세계라는 느낌이 들었다. 나는 아빠 말고는 거의 타인에게 시비를 걸어 보지 않았는데. 나답지 않은 내가 무서웠다. 내가 자꾸만 어떤 선을 넘어가려고 하는 것 같아서 두려웠다.

9.

혼자 청소를 다 끝내고 나는 병원으로 향했다. 퇴근한다는 최선희 선생님의 문자를 받았지만, 의도적으로 병원 밖을 한 바퀴 돌며 시간을 지체했다.

그 대가가 나를 기다리고 있었다. 기저귀 밖으로 대변이 새어 나와 이불을 적신 것이었다. 냄새가 난다고 주변 환자들이 성화였다. 나는 커튼을 치고 서둘러 기저귀를 갈았다.

엄마는 수치 따윈 모르는 표정으로 나를 바라봤다. 아니, 나 아닌 어딘가를 보고 있었다.

"엄마, 미안. 금방 닦아 줄게."

나는 엄마의 눈을 보며 속으로 말했다.

그거 알아? 우리는 견디고 있어. 이 악취를, 시린 소독 냄새를, 좁은 침대를. 엄마는 뭘 견디고 있어?

문득, 엄마도 엄마의 좁은 몸을 견디고 있다는 생각이 들었다.

나는 엄마의 유일한 딸이라서 모든 마음을 다 받고 자랐다. 염려, 걱정, 사랑. 엄마를 사랑하면서 엄마 곁에서 보내는 시간을 낭비로 여긴다는 게 미안하다. 엄마는 나를 키우는 동안 자신의 삶이 낭비되고 있다고 생각한 적 있을까. 울음소리를 들으며 잠을 설칠 때, 기저귀를 갈 때, 우유를 먹일 때.

나는 이불을 품에 안아 들고 일어났다가 다리에 힘이 풀려 그 자리에 풀썩 주저앉았다. 그대로 웅크려 울고 있을 때 아빠가 커튼을 치고 들어왔다. 오염된 시트와 풍기는 악취로 상황을 짐작한 것 같았다. 아빠는 내 눈물을 거친 손으로 쓱쓱 닦아 냈다. 얼굴이 따가웠다.

엄마는 고여 있는 것 같다가도 우리 삶으로 자꾸 흘러

넘친다. 우리는 이렇게 축축해지고 한번 젖으면 좀처럼 마르지 않는다. 우리는 햇볕과 바람을 제때 받지 못해서 냄새가 나고 곰팡이가 필 것이다. 우리는 썩을 것이다. 아빠가 썩든 내가 썩든 누구 한 명이 썩기 시작하면 금방 두 사람 다 썩을 것이다. 오염된 물질들은 멀쩡한 것들까지 금세 전염시키니까.

우리는 힘을 모아 시트를 갈았다. 빨래방에 다녀온 뒤 우리는 아무 말 없이 시간을 보냈다. 엄마의 팔을 주물렀다. 근육 강직이 심해진 것이 느껴졌다. 내 팔이 저릴 때까지 엄마의 팔과 다리를 주무르고 굽혔다 펴기를 반복했다. 이럴 때면 내가 녹슨 로봇을 다루는 관리인이 된 느낌이다.

아빠가 무덤덤한 말투로 내게 말했다.

"엄마, 집에 데려갈까?"

"어떻게?"

"아빠가 다 알아봤어."

"간병은 누가 해?"

"우리가. 그리고 최선희 선생님이 가정 간병 도와주실

거야."

"난 자신 없는데."

정말이었다. 나는 엄마를 집에서까지 볼 자신이 없었다.

"새로 들어간 회사가 병원에서 좀 멀어. 의사 선생님께 물어봤는데 크게 문제 될 건 없다더라."

"이것저것 들어갈 돈 많을 텐데. 돈이 없잖아."

"네가 그걸 왜 걱정해?"

그럼 누가 해. 예전에 나는 엄마를 집에 데려가고 싶어 했다. 병원에서 내내 같은 풍경만 바라보고 있는 엄마가 안쓰러웠다. 비슷한 스토리만 반복하는 드라마로 고정된 텔레비전 채널에 지루해할 것 같았다.

요즘은 냉담하게 변했다. 엄마가 지루하다는 게 무엇인지 알까? 반복되는 삶이 얼마나 사람을 쇠약하게 만드는지 알까? 이젠 엄마가 집에 오는 게 두려워졌다. 그게 가능할 거라고 생각지도 않았다.

"그럼 아빠는 어디서 자?"

"아빠는 거실에서 자면 되지."

아빠가 이미 결정을 내린 것 같아서 입이 떨어지지 않

았지만, 나는 싫었다. 우리 집이 병원이 되면 어떡해. 아빠 방이 병실이 되면 어떡해. 엄마가 우리 집을 장악할 거야. 우리 삶을 장악했듯이.

"엄마도 가고 싶어 할 거야. 이사한 우리 집 궁금해할 걸."

아빠가 그렇게 얘기해서 나는 더 이상 말릴 수가 없었다. 그때 해원에게서 새로운 메시지가 왔다.

—오늘 학원 모의 평가 3등급. 나 그냥 죽을까.

—자고 일어나면 크리스마스였으면 좋겠음.

—현수가 헤어지재. 다시는 연락하지 말라고 했다고. 나 지금 너무 속상해. 진짜 죽을 것 같아. 전화 좀 받아. 이시안!

가만히 해원의 기분을 짐작해 보았다. 해원의 슬픔까지 천진하다고 생각하는 내가, 해원이 겪는 이별이나 시험마저 질투하는 내가 싫었다. 문득 더는 속이고 싶지 않아졌다. 무엇을 위해 이제껏 숨겼는지 나조차 모르지만, 어쨌든 내가 감수하는 불편들이 불합리하게 느껴졌다.

해원

1.

생일 이후로 연락이 안 되던 시안은 이 주 만에 갑자기 해원의 학교 앞으로 찾아왔다. 그간 어떻게 지냈는지, 왜 연락이 안 됐는지 해명도 하지 않고 가야 할 곳이 있다며 서둘러 해원을 버스에 태웠다.

"느닷없이 찾아와서 갑자기 무슨 일이야. 어디로 가는지 정말 말 안 해 줘? 너 나한테 할 말 없어?"

"우리 집. 이따가, 이따가 다 설명해 줄게."

"너네 집? 근데 나 시간 없는데."

해원이 기억하기로 시안은 눈치 없는 아이가 아니었다. 시안에게 7시까지 수업에 들어가야 한다고 말했지만 시안은 "아까도 말했잖아." 하고 대수롭지 않게 대답했다. 시안에게 물어보고 싶은 것도 있고, 들어야 할 말도 있을 것 같아서 따라나섰지만 생각보다 너무 멀리 가고 있었다. 벌써 해가 지고 어두웠다. 시안을 만났을 때의 반가운 마음은 거의 사라지고 슬며시 짜증이 났다. 퇴근 시간이라 붐비는 버스에 해원은 앉고 시안은 해원의 앞에 간신히 서서 갔기 때문에 대화를 나눌 수도 없었다.

"가방 들어 줄게. 줘."

"괜찮아. 가벼워."

시안은 들떠 보이기도 하고, 약간 짜증이 난 것 같기도 하고, 그냥 멍한 것 같기도 했다. 사람이 꾸역꾸역 계속 버스에 올라탔다. 사람이 밀려 들어올수록 버스 공기가 탁해지고 온도가 올라갔다. 시안은 맨날 이런 버스를 타고 집에 가는 건가? 해원은 기운이 저절로 빠져나가는 것 같았다.

"얼마나 남았어?"

해원이 소곤소곤 물었고, 시안이 싱긋 웃으며 입 모양으로 말했다.

'곧.'

십 분쯤 더 갔을까. 해원과 시안은 사람들을 비집고 버스에서 내렸다. 학원 수업 시간이 다 되어 가고 있었다. 해원은 시안에게 다음에 오겠다고 얘기한 뒤 돌아가야겠다고 생각했다. 지도 앱으로 가는 길을 찾아 보니 택시를 타면 수업 시간에 십 분쯤 늦을 듯했다. 사정을 얘기하면 아마 혼나진 않을 것이다. 해원이 늦어도 정해진 학원비를 그대로 받으니까. 정한 시간에 수업은 끝날 테니까. 한 번 늦었다고 곧바로 엄마에게 연락이 가진 않을 것이다. 하지만 아웃을 당한다면? 투 아웃을 당하면 정말 불안해질 것 같은데.

'아니야. 숙제는 다 했으니까. 오다가 버스 사고를 당했다고 하자. 지하철이 멈췄다고 하거나. 그러면 봐주실 거야.'

해원은 중얼거리며 불안을 다스렸다.

"나 진짜 수업 들어가야 돼. 이렇게 먼 줄 알았으면 다음에 만나자고 했을 텐데."

"여기까지 왔는데? 우리 집 진짜 가까워. 조금만 가면 돼."

시안은 그러면 하루만 학원을 빠지라고 억지를 부렸다. 해원의 상식으로는 상상도 할 수 없는 일이었다. 자기는 학원에 가야 한다고 그렇게 서두르더니. 아니, 시안이 말한 학원 애들은 시안을 모른다고 했다. 해일과 있을 때도, 자신과 있을 때도 학원으로 간 게 아니라면? 해원은 단 한 번도 학원을 빠진 적이 없었다. 선생님이 지각까지는 눈감아 줄 수도 있지만 결석까지 봐주시진 않을 것이다.

"진짜 미안한데, 나 정말 가 봐야 하는데……."

해원은 계속 사과를 하고 있었다. 시안의 기분을 상하게 할까 봐 걱정스러웠다. 딱 잘라 거절하지 못하고 이곳까지 왔다. 이대로 돌아간다면 자신을 무시하는 거라고 받아들일까 봐 최대한 조심스럽게 말했다. 시안은 약간 시무룩한 표정을 짓더니 눈동자를 굴리며 잠깐 생각을 했다. 해원을 이대로 보내 줄지 말지 고민하는 것 같았다.

"바로 앞이야. 잠깐만 들어왔다가 가."

해원은 마음이 빠듯하고 초조했다. 시안과 실랑이할 시간에 차라리 원하는 대로 해 주고 빨리 떠나고 싶었다. 택시를 타고 가면 생각보다 빨리 도착할지도 몰라, 선생님도 수업에 종종 늦곤 했으니까 학생이 늦어도 한 번 정도는 너그럽게 봐주실지도 몰라, 그렇게 자신을 설득했다.

다행히 버스 정류장에서 시안의 집은 정말 가까웠다.

"엄마가 너 얼마나 보고 싶어 하는데."

해원은 그 말을 듣고 좀 난처했다. 사실 이모를 볼 자신이 없었다. 이모가 이제 건강해졌다고 해도, 그래도, 아무렇지 않은 표정으로 이모를 마주 볼 자신은 없었다.

"미리 말했으면 올 때 주스나 휴지라도 사 오는 건데."

해원의 중얼거림을 듣고 시안이 웃었다.

"무슨 휴지야. 집들이도 아니고. 네 얼굴 보는 것만으로도 엄마는 좋아할 거야."

엘리베이터를 타고 시안이 8층을 눌렀다. 좁은 엘리베이터는 이상할 정도로 천천히 움직였다. 문이 제대로 닫히지 않은 건지 이동할 때 엘리베이터 문 안으로 약한 바람이 스며 들어와 해원은 흠칫 떨었다. 게다가 내부가 너무 어두웠다. 천장을 보니 희미한 백열등 안에 죽은 벌레들이 비쳐 보였다. 해원이 자신도 모르게 올라가는 층 숫자를 세자 시안이 입 모양을 봤는지 웃었다.

"아파트가 낡아서 그래. 엘리베이터에 세 명만 타도 꽉 차는데 익숙해지면 괜찮아."

해원은 결국 담당 선생님께 문자를 보냈다.

—종합반 김지원 B입니다. 선생님, 죄송한데요. 제가 좀 늦을 것 같아요. 버스가 많이 막혀서요. 죄송합니다, 선생님.

진작 보낼걸. 버스 안에서 보냈으면 좋았을 텐데 수업 시작을 오 분 앞두고 이런 문자를 보낸 자신이 한심했다.

"네가 김지원 B야? 그럼 김지원 A도 있겠네."

옆에서 시안이 말했다. 해원은 신경이 약간 날카로워지는 것을 느꼈다.

"아, 미안. 일부러 본 건 아니고, 그냥 보이길래."

짜증을 내면 속이 좁아 보일 것 같아 해원은 아무렇지 않은 척했다.

"괜찮아. 학원에 김지원 C도 있어. 걔는 다른 반."

"나는 아직도 그 이름에 익숙해지지가 않네."

시안이 엘리베이터에서 내리며 말했다. 시안은 복도식 아파트의 끝 집으로 향했다.

지원. 지원. 지원. 해원은 시안의 뒤를 따르며 그 이름을 발음해 보았다. 누가 뭐래도 해원은 지원이라는 이름을 좋아했다. 지원이라고 불리면 보호받는 느낌이 들었다. 수많은 지원이들이 자신을 가려 주는 것 같았고 그래서 안심이 되었다.

시안이 도어 록을 열고 들어갔다. 해원도 신발을 벗고 조심스럽게 시안을 따라 들어갔다. 집은 조용했다. 엘리베이터와 마찬가지로 불이 켜져 있는데도 전등이 약해서 집 전체가 어두침침했다. 예전에 시안이 살던 집과는 많이 달랐다. 해원과 시안은 같은 아파트 단지에 살아서 집 구조가 거의 비슷했다. 그때 시안의 집에는 이모가 일하는 공간이 따로 있었다. 이모는 창가에 놓인 넓은 원목 책상만 이용했는데 일할 때 해원과 해일, 시안이 주변에서 얼쩡거려도 크게 신경 쓰지 않았다. 오히려 이모는 아이들이 앉아서 놀 수 있는 공간을 따로 마련해 주었다. 아이들은 거기서 만화책도 보고 숙제도 하며 시간을 보냈다.

한눈에 봐도 가구들이 간소해져 있었다. 시안이 가방을 내려놓으라고 해서 가방을 벗어 소파 위에 두었다. 해원은 집 안을 두리번거렸다. 이모를 찾고 있다는 걸 알아챈

듯 시안이 말했다.

"엄마 자나 보다."

"뭐?"

해원은 다시 한번 짜증을 참았다. 조마조마해서 수시로 휴대폰을 확인했으나 아직 선생님으로부터 답장은 없었다. 시안은 주방으로 가서 냉장고를 열었다.

"저녁 먹고 가, 해원아. 내가 해 줄게. 냉동실에 만두 있어. 아니면 새우볶음밥 좋아해? 이거 오 분이면 되거든."

해원은 자신의 사정은 무시하고 딴소리만 하는 시안 때문에 한계에 다다랐다.

"안 돼. 이모 주무시면 나 그냥 갈게."

앞으로는 절대 시안에게 휩쓸리지 않겠다고 다짐했다. 해원이 가방을 다시 메려고 하자 시안이 손을 잡아끌었다.

"알겠어, 알겠어. 뭐가 그렇게 급한데. 이리 와, 그럼."

"뭐?"

"들어와서 인사해."

"이모 깨우게? 아냐, 됐어."

해원은 손사래를 쳤다. 그렇게까지 인사를 하고 싶진

않았다. 시안에게 끌려서 여기까지 왔지만, 원래 목적은 다른 데 있었다. 해원은 자신의 생일에 시안이 갑자기 사라진 이유가 뭔지 설명을 듣고 싶었다. 잘못한 게 있다면 빨리 사과하고 싶었다. 시안이 학원을 다닌다고 거짓말을 한 이유도 알아야 했다. 무언가를 숨기고 있다는 건 분명한데 그게 무엇인지 짐작조차 할 수 없었다.

시안은 아랑곳 않고 해원의 손목을 잡고 이끌었다. 문을 열기 전 해원을 잠시 돌아본 뒤 속삭였다.

"너무 놀라지 않기다."

해원이 대답하기도 전에 문이 열렸다. 불이 켜져 있었다. 해원은 순간적으로 뭔가 이상하다는 걸 감지했다.

"엄마. 우리 왔어."

눈에 들어온 풍경에 해원은 심장이 얼어붙는 것 같았다. 발을 헛디딘 것처럼 휘청거렸다.

"내가 누굴 데려왔는지 봐, 엄마."

시안

1.

엄마는 눈을 뜨고 있었다. 나는 엄마 귀에 속삭였다.

"인사해. 해원이 왔어."

해원은 선뜻 들어오지 못하고 문가에 선 채로 굳어 있었다.

"안 들어오고 뭐 해? 엄마한테 인사 안 할 거야?"

다그치듯 말하자 해원이 머뭇거리며 천천히 침대로 다가왔다.

"……안녕하세요, 이모."

그렇게 들릴 듯 말 듯 웅얼거리며 간신히 인사한 해원은 엄마의 상태를 가늠하듯 살폈다. 오래전, 식물인간 상태의 엄마를 처음 마주했던 내 모습이 떠올랐다. 그때 나는 몹시 어리둥절했고, 누군가가 엄마의 상태를 명확하게 이해시켜 주기를 기다렸다. 하지만 아빠의 설명을 기다리는 중에도 나는 떨고 있었다. 눈을 뜨고 있어도 엄마는 의식이 없고 내 부름에도 반응하지 않았다. 보통의 수면 상태와는 분명 다르며, 아주 불길하고 섬뜩한 미래가 내게 도래할 것이라는 예감이 그 즉시 나를 관통했다.

"이모?"

엄마의 시선은 벽 어딘가를 향해 있었다. 해원은 그 방향을 따라가더니 찬찬히 훑었다. 아빠는 엄마의 시선이 닿는 곳에 우리의 가족사진을 걸어 두었다. 사진 옆에는 내가 유치원 때 그린 그림과 어버이날에 만든 카네이션이 있었다. 그 아래에는 엄마의 대학 졸업 사진이, 또 그 옆에는 엄마 아빠의 결혼사진이 나란히 걸려 있었다. 시선이 닿는 곳에 사진을 두면 의식을 회복하는 데에 도움이 될지도 모른다는 생각으로 배치한 것들이었다. 해원은 도무지 알 수 없다는 표정으로 나를 바라보았다.

"그때부터 계속 이 상태야."

"뭐?"

"식물인간이라고, 우리 엄마."

지금 이 순간을 부정하듯 해원은 천천히 고개를 저었다.

"왜? 왜……."

글쎄. 왜일까. 어째서 이렇게 된 걸까? 나도 이유가 궁금했다.

"잠깐만. 후유증이 다양하다는 건 나도 알아. 근데 이런 건…… 이건 말도 안 되잖아."

"엄마는 아빠랑 내가 회복된 후에도 한 달 동안 혼자 병동에 있었어. 남들보다 회복이 더디다고만 생각했는데, 어느 날 심장이 멈췄어."

엄마는 저산소성 뇌 손상으로 식물인간 판정을 받았다.

"시안아, 네가 다 나으셨다고 했잖아."

"그랬지."

"그럼 왜 다 나았다고 한 거야? 이해가 안 돼. 내가…… 내가 놀랄까 봐?"

해원의 말에 나는 웃음을 터뜨리고 말았다. 해원의 상상력은 내가 예상하지 못한 방향으로 향했다. 자신이 놀랄까 염려해 내가 엄마의 상태를 숨겼다고 생각하는 것. 지금까지 내가 자신을 배려했다고 착각하는 것.

나는 손으로 입을 가리고 웃음을 참으려 했지만 어깨가 들썩거리는 것까지는 어쩔 수 없었다.

"왜 웃어? 장난하는 거야?"

내가 계속 입을 다물고 있으니, 해원이 엄마를 조심스럽게 흔들었다. 그렇게 흔들어 깨우면 의식이 돌아오고, 엄마의 목소리를 들을 수 있다는 듯. 한참을 엄마 곁에 서서 이모, 이모, 하고 부르던 해원은 그 행위가 무의미하다는 것을 불현듯 깨달은 듯했다.

"무슨 말이라도 좀 해 봐. 지금 무슨 생각을 하는데?"

"네 표정 볼만하다는 생각?"

해원은 나를 원망스러운 눈빛으로 바라보더니, 뒤도 돌아보지 않고 도망쳤다.

해원

1.

"밥 먹고 약 꼭 먹어. 알겠지?"

해원이 체기가 있어 저녁을 굶겠다고 했지만 엄마는 흰 죽을 쒔다. 약을 먹어야 낫는다는 말에 억지로 한술 떴지만 목구멍으로 넘어가지 않았다. 해원은 무심코 휴대폰을 찾기 위해 베개와 이불을 들추다가 자신이 휴대폰을 꺼서 서랍 깊숙한 곳에 넣어 놓았다는 걸 기억해 냈다. 시안에게서 연락이 왔을까? 왔다면 무슨 메시지를 남겼을까?

며칠 전 시안의 집에서 도망치듯 나온 기억이 떠올랐다. 그땐 시안의 웃음이 갑자기 섬뜩했고, 그 집 전체가 으스스하게 느껴져 해원은 빨리 그곳을 벗어나야겠다는 생각뿐이었다. 시안이 뒤따라 나올까 봐 운동화를 꺾어 신고 재빨리 비상계단으로 향했다. 계단을 세 칸씩 뛰어 내려오다가 발목이 살짝 꺾였지만 통증을 느끼지도 못했다. 단지를 빠져나온 후에 가방을 챙기지 않았다는 사실을 깨달았다. 지갑도 가방 안에 들어 있었다. 머리가 아득해졌다. 다행히 휴대폰은 주머니에 있었다.

—투 아웃이야, 너.

선생님에게 온 문자는 그게 다였다. 해원은 바로 죄송하다는 내용으로 장문의 문자를 보냈지만 답장은 없었다. 해원은 망설이다가 해일에게 연락했다. 엄마 몰래 데리러 오라는 말에 해일은 왜 그래야 하느냐고 수차례 되묻긴 했지만 해원이 입을 닫자 더 이상 추궁하지 않았다.

해일이 운전하는 차를 타고 집으로 돌아오며 해원은 자신에게 일어난 일을 차근차근 머릿속으로 정리했다. 가장 어려운 건 시안의 마음이었다. 왜 그랬을까? 왜 찾아왔을까? 왜 자신을 위로하고 사소한 이야기들을 듣고만 있었을까? 왜 이모가 그런 상태라는 사실을 숨겼을까? 생일에 갑자기 도망치듯 사라진 것도 이모와 관련 있을까? 가장 두려운 건 이것이었다. 시안은 이모가 그렇게 된 게 내 탓이라고 여기는 걸까? 우리 탓이라고? 우리 가족이 그렇게 만들었다고 생각해서 원망하고 있는 걸까?

기억을 더듬어 보자면, 그런 사람들이 있다는 얘기는 들었다. 증상이 심각한 감염병이었고, 세계적으로 엄청난 사망자를 냈으니까. 의식 불명에 빠진 사람들이 있다는 뉴스를 보았다. 하지만 해원은 아직까지 그 병의 여파가 남아 있으리라고 미처 생각지 못했다.

해일은 우선은 엄마에게 비밀로 하겠지만 반드시 자신에게 무슨 일인지 말을 해야 한다고 했다. 하지만 해일에게 말하기도 겁이 났다. 해일은 처음에는 농담이라고 생각하다가, 금세 농담이 아닌 것을 깨닫고 공포에 휩싸일 것이다. 공황에 빠질 것이다. 그렇게 되리라는 걸 해원은 쉽게 상상할 수 있었다. 해일이 성인이 된 후 자의로 처음한 일은 정신과에 간 것이었다. 엄마 아빠는 여전히 모르고 우연히 약을 발견한 해원에게만 해일이 털어놓은 사실이었다.

해원은 굳이 지난 시간을 들추고 싶지 않았다. 충분히 벌을 받았다고 생각했다.

2.

해원의 엄마는 해외에 사는 막냇동생의 결혼식에 다녀온 뒤 감염 사실을 알게 되었다. 하지만 너무 늦게 알게 된 게 화근이었다. 직접적인 접촉이나 체액을 통해 주로 감염되는 병이었다. 같이 밥을 먹고 껴안고 손을 잡은 가족끼리의 감염이 가장 많았다. 방학이라 다행히 학교는 가지 않았지만 해원은 여느 때와 마찬가지로 시안의 집에서 숙제를 하고 밥을 먹고 같은 침대에서 잠을 잤다. 해원은 피아노 학원과 수학 학원에, 해일은 영어 학원과 수학 학원에 갔다. 가족은 주말에 예배에 참석했고 예배 후에는 교회 근처 식당에서 외식을 했다.

그리고 해원의 가족은 슈퍼 전파자 N번으로 불리게 되었다.

그 무렵 해원의 가족은 밤에도 불을 켜지 않고 지냈다. 엄마는 해원과 해일에게 발뒤꿈치를 들고 조심히 걸어 다니라고 했고 누군가가 초인종을 누르면 가족 모두 행동을 멈추고 인기척이 사라질 때까지 숨을 죽였다. 엄마는 해원과 해일의 컴퓨터 사용을 금지하는 것도 모자라 휴대폰을 압수해 숨겨 놓기까지 했다.

겁에 질려 시키는 대로 행동하는 해원과는 달리 해일은 엄마가 잠든 사이 몰래 컴퓨터를 켰다. 친구들에게 알리려 했다. 모두 걱정하지 말라고. 나는 너희와 같은 중학교에 입학할 것이며 태어나서 지금까지 자라 온 동네를 떠나지 않을 거라고. 하지만 SNS에 접속했을 때, 해일은 잔인한 현실과 맞닥뜨려야 했다. 친구들은 더 이상 자신을 좋아하지도 기다리지도 않았다. 증오할 사람이 필요한 사람들이 해일의 공간에서 해일을 짓밟고 있었다.

지방으로 이사한 뒤 휴대폰은 돌려받았지만, 해원 역시 알 수 없는 경로로 번호를 알아내 단체방에 초대해서 욕을 하거나 SNS에 악플을 도배하는 애들에게 시달렸다. 매일 철저하게 잊힐 수 있는 방법을 골몰했다. 평범해 보이기 위해 애썼고 흔해지기 위해 노력했다. 이름을 바꾸기로 결심한 것도 그 때문이었다.

중학교에 입학하고도 해일은 일 년 넘게 휴대폰 없이 지냈다. 결국 해일이 사 달라고 말하지 않았는데도 억지로 사서 안긴 것은 엄마였다.

해일은 어떤 날은 무슨 일이든 할 수 있을 것처럼 말하며 과장된 행동을 하다가도 어떤 날은 방문을 잠그고 하루 종일 우울한 노래를 틀어 놓았다. 그런 해일에게 모든 사실을 털어놓는다면?

해원은 마음을 다잡았다. 식어 버린 죽을 꾸역꾸역 밀어 넣으며 불안을 잠재웠다. 악몽이 반복되는 일은 없을 거라고, 어떻게든 막아 낼 거라고 되뇌었다.

시안

1.

해원은 그렇게 떠난 후 며칠 동안 연락이 되지 않았다. 메시지를 보내도 읽지 않았다. 관계가 역전된 것 같았다. 진실을 말했을 때 어떤 반응을 보일까 궁금하긴 했지만 이렇게 철저하게 외면할 줄은 몰랐다. 우습게도 예전이랑 똑같았다.

나는 해원의 표정이 자꾸만 떠올랐다. 창백하게 질린 그 애의 표정이 말하고 있었다. 끔찍하다고. 해원이 충격을 받을 거라고 예상은 했지만, 나도 상처를 받긴 마찬가지였다. 나는 무슨 반응을 기대했던 걸까? 곧장 엎드려 '제대로' 사과하길 바란 걸까?

그 표정을 해석하자면, 이런 것이다. 내가 겪고 있는 현실이 너무나 드문 불행이라 도저히 눈 뜨고 볼 수 없다는 표정이었다. 나는 그 애에게 쏘아붙이고 싶었다. 너도 언젠간 네 가족을 간병하게 될 거야. 그렇게 충격받을 거 없어. 너도 누군가에게 몸을 맡기게 될 거야.

“이거 누구 가방이야?”

아빠가 해원의 가방을 들고 물어보았을 때, 심장이 멎는 것 같았다.

“몰라.”

“모른다고?”

“응.”

“친구 왔었어?”

나는 침묵했다.

“안 놀랐어?”

아빠가 뭘 불안해하는지 알 것 같았다. 평범한 사람들은 우리를 쉽게 동정하고 가련하게 여기지만 동시에 난감해한다. 나는 괜히 퉁명스럽게 대꾸했다.

“놀랄 게 뭐 있어?”

"그래도, 집에 환자가 있는 거 보면 놀랄 수 있지."

내가 사실대로 말했으면 해원이 덜 놀랐을까? 집에 환자가 있어. 식물인간이야. 그래. 너도 아는 그 사람. 지금은 산소 호흡기에 의지해서 숨을 쉬고 있어.

그렇게 말했으면 진작 나를 외면했을 것이다. 더 멀리 도망갔을 테고, 아예 집에 오지 않았겠지.

"왜 가방을 두고 간 거야?"

"까먹었나 보지."

아빠는 그러려니, 하는 표정을 짓다가 갑자기 눈을 가늘게 뜨고 내게 물었다.

"너, 학교에서 친구들 물건 뺏고 그러는 건 아니지?"

"말이 된다고 생각해?"

"필요한 게 있으면 아빠한테 말해."

"알았다고요."

"그나저나 재밌는 친구네. 아무리 바빠도 자기 가방을 두고 가?"

나는 물끄러미 가방을 바라봤다. 해원의 가방이라는 사실을 알면 아빠는 무슨 반응을 보일까. 해일을 우연히 병원에서 만난 일부터 말해야겠지. 그날 내가 엄마를 잊고 신촌에서 정신없이 시간을 보냈을 때, 해원과 함께 있었다고 말해야겠지. 아빠는 한 번도 해원의 가족을 찾을 생각을 하지 않았다. 그 가족을 언급한 적도 없었다. 당연히 원망하는 것을 들어 본 적도 없었다. 모두가 서로를 증오하던 때에도 아빠는 다른 사람을 탓하지 말자고, 누군가를 미워하면 할수록 우리 마음은 병들 거라고 말했다.

"안 찾으러 오나? 다 중요한 것들 같은데."

아빠가 걱정스러운 표정으로 말했다.

"그래 보여? 그럼 내가 직접 가져다드려야지."

2.

아주 오랜만에 교회에 왔지만 해원이 이 모든 걸 지루해한다는 건 한눈에 알아볼 수 있었다. 해원은 성가대복을 입고 피아노 앞에 앉아 있었다. 설교가 끝나고 지휘자의 손짓에 맞춰 성가대원들이 노래를 불렀다. 해원은 지휘자를 보지 않고 무표정하게 피아노를 쳤다.

해원을 만난 뒤 나는 점점 대담해졌다. 활기를 되찾은 것도 같다. 그런 게 원래 내게 있었다면 말이다. 내가 견딘 만큼 해원도 나를 견뎌야 마땅하다는 생각이 어느 순간부터 나를 지배했다. 해원이 나를 보고 어떻게 반응할지 궁금해졌다. 잠깐 놀라고 말지, 난처해할지, 두려워할지, 화를 낼지.

해원에게 책임을 묻는 게 타당할까. 따지자면 해원보다는 해원의 엄마를 추궁하는 것이 마땅하지 않을까. 하지만 해원의 가족은 순간의 불찰로 인해 키운 잘못에 대한 대가를 과거에 치르지 않았던가. 나는 복잡한 내 마음 안에서 헤맸다.

해원에게 모든 화살을 돌리는 것은 어쩌면…… 비약이겠지만 더 이상 그런 것은 내게 중요하지 않았다. 그러면 뭘 원하는데?

저 애가 내가 느끼는 고통의 일부의 일부라도 이해하는 것.

과거를 잊고 편히 사는 모습을 더 이상 지켜보지 않겠다는 것이 고약한 마음이라는 건 나도 알았다. 하지만 그래서 뭐? 누구의 인생은 망했는데 해원의 행복은 보장되어야 할 이유라도 있나?

해원에게 내 존재를 알리려 손을 흔들었다. 주변에 앉은 사람들이 나를 이상한 눈으로 힐끔거렸지만 해원은 눈치채지 못하는 것 같아 두 손을 번쩍 들고 흔들었다. 점점 많은 사람들이 나를 바라보았고 사람들이 동요하자 내 앞자리에 앉은 사람들마저도 뒤를 돌아보았다. 그래도 해원은 악보에서 눈을 떼지 않았다. 나는 잔잔한 노래에 일부러 엇박자로 박수를 치기 시작했다. 그러자 주변 사람들이 내게 눈치를 줬고 내 옆에 있던 할머니는 내 손을 두 손으로 꼭 잡아서 내렸다. 할머니는 나와 눈을 맞추고 말리듯 고개를 저었다.

'그거 아니에요, 학생.'

하지만 나는 못 본 척하고 다시 엇박자로 박수를 쳤다. 주변의 분위기가 이상한 게 그제야 느껴졌는지 해원이 고개를 들었다. 박수 소리가 들리는 내 쪽을 쳐다보더니 이내 눈을 커다랗게 떴다.

해원이 피아노 음을 틀렸다. 수습하려고 다시 악보를

봤지만 이번에는 내 박수 소리 때문인지 박자가 이상하게 엉켰다. 해원이 생각보다 너무 우왕좌왕해서 나는 박수를 멈췄다.

어수선하게 찬송이 끝나고 기도 시간이 시작되었다. 사람들의 기도 소리가 내 귀에 들렸다. 내 옆의 할머니는 자녀들의 건강을 위해 기도하고 있었다. 그리고 누군가는 수능을 잘 보게 해 달라고 기도했고, 누군가는 사업이 잘 되기를 기도했다. 내가 기도하는 척하고 있을 때 누군가 내 옆에 앉는 것이 느껴졌다. 모른 척하고 꿋꿋이 눈을 감고 버텼다.

"시안아."

해원이 나를 세 번째 불렀을 때 눈을 떴다. 어울리지도 않는 불행한 표정으로 해원이 나를 바라보고 있었다.

3.

따라오라는 말을 하지도 않았는데 해원은 나를 따라 나왔다. 나는 해원에게 가방을 건넸다.

"중요한 거 많이 들었던데, 왜 찾지도 않았어?"

"그런 거 별로 없어."

제 발로 그 소굴에 다시 걸어 들어와 찾을 만큼 중요한 건 없다는 의미겠지.

해원은 말없이 가방을 멨다.

"해방촌, 거기 지금 가자."

"지금?"

"응. 왜, 싫어?"

나는 일부러 밝은 표정으로 졸랐고 해원은 포기한 듯 나와 함께 걸었다.

사람들이 많이 찾는 유명한 곳은 죄다 우리에게서 멀리 있었다. 우리는 한참이나 버스를 타고 가서 해방촌에 내렸다. 버스 안에서 해원이 현수에게 영화관에 못 가게 되었다고, 약속을 미루자는 연락을 하는 걸 보았다. 아직 안 헤어졌나 보네. 그렇게 안달 내더니. 데이트를 훼방 놓았다는 사실을 알게 되자 약간 기분이 묘했다. 해원의 하루를 망치는 데 성공했다는 확신이 들었다.

"어디 갈지 생각해 봤어?"

"아니. 저번에 네가 가자고 했잖아. 가고 싶은 곳 없었어?"

해원은 그냥 무기력하게 고개를 저었다. 그런 말을 한 것을 후회하는 듯했다.

우리는 그냥 걸었다. 말 그대로 발길이 닿는 대로 걸었다. 표지판이 가리키는 방향으로 계속 걸으니 높은 계단이 보였다. 옆에 엘리베이터가 있었지만 수리 중이라는 팻말이 붙어 있었다.

"올라가 볼까?"

우리는 숨을 헉헉거리며 계단을 올랐다. 등줄기에 땀이 흘러내렸다. 둘 다 말없이 고행하듯 계단을 오르는 일에만 집중했다. 당장 해방촌에 오자고 한 이유는 어차피 앞으로도 우리가 웃으면서 해방촌에 올 일은 없을 것 같아서였다. 꼭대기에 다다라 아래를 내려다보니 우리가 올라온 길이 까마득한 높이라는 걸 알 수 있었다. 고개를 들었을 때, 나도 모르게 탄성이 터져 나왔다.

"우아, 예쁘다."

동화 속에서나 나올 법한 빨갛고 노랗고 파란 지붕의

집들이 우리 발아래에 있었고, 분홍빛 노을이 깔려 있었다. 새들이 단정한 배열로 하늘을 가로지르며 날아가고 있었다. 새들은 어디까지 가는 걸까? 어둠이 깔리기 전에 가려는 목적지까지 도달할 수 있을까? 가는 도중에 어두워지면 저 많은 새들이 어디에서 쉬었다 갈지 슬며시 걱정도 되었다. 발길 닿는 대로 걸었지만 어쨌든 높은 곳에 오르니 약간의 해방감을 느낄 수 있었다.

나는 이 풍경을 기록해 두고 싶어 오랜만에 휴대폰으로 사진을 찍었다. 해원의 표정이 어떤지 궁금했다. 내게는 특별한 광경이지만 해원에게는 이런 게 시시한 풍경일 수 있으니까. 고생스럽게 계단을 올라와 하는 일이 고작 낯선 동네의 지붕을 바라보는 거라니, 생각하면서 따분해할 수도 있으니까. 오는 길에 해원은 내내 침묵했다. 막무가내로 찾아온 나를 거절하지 못해 따라나섰을 뿐 해원에게는 아무 기대도 없다는 것이 느껴져 조금쯤 초조했다.

고개를 돌려 바라본 해원은 희미하게 미소 짓고 있었다. 시선을 느꼈는지 해원이 나를 돌아보았다.

4.

우리는 김밥을 사 먹고 카페에서 카푸치노 한 잔을 시켜 나눠 마셨다. 차근차근 밀린 이야기를 했다. 해원은 현수가 이별 통보를 했을 때 집까지 찾아가서 마음을 돌렸다고 했다.

"너는 내가 왜 현수한테 빠졌는지 궁금하지 않아?"

"왜 빠졌는데?"

"현수는 되게 진지해. 그래서 애들이 다 재미없고 피곤하다고 하는 그런 애야."

"좀 그래 보이긴 하더라."

"잘난 척도 심해. 친구가 말실수라도 하면 말꼬리 잡고 늘어져서 망신 주고, 다시는 그런 실수 하지 말라고 막 그래. 나한테도 가끔 그러고."

"와, 말만 들어도 재수 없네."

"현수를 교회에서 만났다는 얘기는 했지? 고등학교 1학년 때 예배 끝나고 친구들이랑 놀다가 열이 나고 어지러워서 잠시 주저앉은 적이 있어. 근데 애들이 나를 일으켜 주기는커녕 '갑자기 왜 넘어져? 병 걸렸냐? 내 옆에 오지 마. 나 죽기 싫거든.' 막 이러는 거야. 어떤 애는 '저리 가, 역병 옮는다.' 그러고. 난 조금 뜨끔하긴 했는데, 그래도 분위기 망칠까 봐 크게 웃었어. 당연히 장난이라는 거 아니까. 말만 그렇게 하지, 분명 모두가 웃고 있었어. 한편으로는 안심도 됐어. 농담을 하고 다 같이 웃을 정도가 된 걸 보니 확실히 시간이 많이 지났구나 싶었어. 그만큼 옛날 일도 가볍게 생각할 수 있을 것 같았어."

"그런데?"

"조용히 앉아서 간식 먹고 있던 현수가 갑자기 테이블을 탕탕 치더니 벌떡 일어나는 거야. 농담으로라도 그런 말 하지 말라고. 어떤 건 시간이 아무리 많이 지나도 유머가 될 수 없대. 현수는 또 혼자 똑똑한 척하고 분위기 깬다고 애들한테 욕을 먹었지. 근데 그때 나는 걔가 좋아졌어. 열세 살 이전의 기억은 전부 잊고 싶다고 자주 생각했거든. 나를 리셋시켜서 이름도, 나이도, 성격도 모두 다시 설정하는 거야. 그러면 마음이 편해질 것 같았어."

해원은 잠시 멈췄다가 말했다.

"너를 만나고 나서는 그런 생각 안 했어. 다시 만나서 다행이라고 생각했고 모든 게 제자리로 돌아오고 있어서 편안했어. 근데 너는 아니었던 거지? 무슨 마음이었어?"

나는 엄마가 식물인간이 된 후 어떻게 지냈는지에 대해 말했다.

"어느 날 잠을 자다가 목이 말라서 일어났는데 어둠 속에서 엄마의 눈동자만 반짝거리는 게 보였어. 드디어 엄마 의식이 돌아왔다고 생각했어. 때마침 내가 깨어나 그 순간을 지나치지 않은 게 다행이라고 생각했고, 흥분해서 병실 불을 켜고 간호사들을 다급하게 불렀어. 소란에 같은 병실을 쓰던 환자들이 모두 깼어. 동공 반사를 확인한 간호사가 차분한 얼굴로 상태에 변화가 없다고 설명해 줬을 때도 믿지 않았어. 요즘은, 밤중에 홀로 눈을 뜨고 있는 엄마를 봐도 설레지 않아. 흥분되지도 않아."

"이모가 그런 상태라는 게 아직도 믿기지 않아."

"네가 믿든 말든 엄마는 육 년 동안 그런 상태였어."

"나를 원망했어?"

"그랬나? 아니야. 거기까지 생각이 미치지도 않았던 것 같은데."

사실이었다. 자주 해원을 떠올리긴 했지만 지금의 이런 감정은 결코 아니었다. 그 말을 듣고서 해원은 조금 안도한 듯 표정이 풀어졌다.

"간병하면서 입시 준비하는 거 많이 힘들지."

"뭐?"

"저번에 신촌에서 그랬잖아. 사회복지학과 준비한다고."

그제야 기억났다. 그냥 둘러댄 말이었는데 해원은 진지하게 들은 모양이었다.

"혼자 고민하지 말고 나한테 물어봐. 나도 잘 모르지만 학원 쌤한테 물어볼게. 우리 학원 입시 컨설팅으로 나름 유명해."

"그거 그냥 한 말이야. 사회복지? 절대 싫어."

해원은 순간 놀란 표정을 지었다가 애써 감췄다.

"정말? 그럼 입시는 어떻게 준비하고 있어? 수능은 볼 거지? 선택 과목은 결정했어? 가산점 있는지 없는지는 확인했고?"

나는 해원이 하는 말을 이해하지 못해서 멍하게 있었다. 그러자 나보다 자기가 더 착잡하다는 얼굴이었다.

"넌 내가 대학에 갈 수 있을 거라고 생각해? 네 기준에서 생각하려고 하지 마."

나는 나의 20대를 웬만하면 생각하지 않으려고 한다. 상상할 수 없다는 게 더 정확한 말일 것이다.

"나는…… 우리 대학 가면 네가 다니는 학교 놀러 갈 궁리만 했는데."

"상상은 자유니까."

해원은 아까부터 오는 전화를 무시하고 있었다. 내가 받으라고 눈짓하니 망설이다 받았다.

"여보세요."

전화기 너머에서 아는 목소리가 들렸다. 왜 이렇게 전화를 안 받아. 몇 통이나 했는지 알아? 너 예배 끝나지도 않았는데 어딜 간 거야. 책망하는 말투지만 해원의 무사에 안도하고 있다는 걸 느낄 수 있다. 어딜 가면 간다고 말을 해야지. 무슨 일이라도 생긴 줄 알았잖아. 일단 와서 얘기해. 어디야? 엄마가 지금 데리러 갈 테니까 거기서 기다려. 지원. 나이가 몇 갠데 엄마 걱정시키고 있어. 얼른 들어와.

해원에게는 삶이 있었다. 주말의 약속과 계획이 있었다. 갑자기 사라지면 걱정할 가족이 있었다. 지키고 싶은 것들이 많았다. 자기는 모르는 것 같지만. 해원은 스스로를 가련하게 여길 줄 알았다. 그 또한 자기는 모르는 것 같지만. 망했다는 말을 달고 살지만 내 눈에는 자기 삶에 대한 각별함과 애틋함이 보였다.

해원을 알아 갈수록 내 삶이 얼마나 비루한지 실감하게 되었다.

"일어날까?"

내가 묻자 해원이 고개를 끄덕였다. 우리는 낯선 동네의 한적한 정거장에서 각자 집으로 가는 버스를 기다렸다. 내가 타야 할 버스가 먼저 오는 것이 보였다.

"먼저 갈게. 또 보자, 김해원."

해원이 할 말이 많은 표정이라, 나는 그 말을 듣지 않기 위해 서둘러 일어섰다.

"저기, 시안아."

해원은 고개를 숙이고 안절부절못했다. 내가 말없이 바라보기만 하자 간신히 말을 꺼냈다.

"저기…… 우리 이렇게 만나는 거 그만하면 안 될까. 나는, 너 보는 거 힘들어. 미안하고, 좀 불편하고 그래."

"그랬어?"

"미안해."

버스가 내 앞에 멈춰 섰다. 문이 열렸지만 나는 타지 못했다. 기사가 나를 흘깃 보더니 문을 닫고 버스를 출발시켰다.

해원이 굳이 말하지 않아도, 그 애의 표정만 봐도 알 수 있었다. 이런 관계는 건강하지 않다. 해원은 내가 이름만 불러도 조마조마해하고, 물끄러미 바라보면 눈을 맞출 자신이 없는지 고개를 숙인다. 일주일 전만 해도 이러지 않았는데, 예전으로 돌아간 것처럼 내게 모든 걸 털어놓고 의지했는데. 내 진짜 모습은 이 아이를 불편하게 만든다.

"그래도 난 너 보고 싶은데."

해원은 내 눈을 피하며 운동화 앞코로 보도블록에 있는 돌들을 괜히 한쪽으로 모았다. 이 애를 곤란하게 만들고 있다는 느낌 때문에 조금 울컥했다. 보도블록은 심각할 정도로 군데군데 깨져 있었다. 표면이 고르지 못해 휠체어는 물론이고 비장애인도 발을 헛디뎌 넘어질 것 같았다. 나는 해원을 따라 말없이 돌을 길 가장자리로 모았다. 해원이 조용한 목소리로 물었다.

"내가 어떻게 하면 더 이상 나한테 안 찾아올 거야?"

순간적으로 다리에 힘이 풀렸다. 억지로 중심을 잡느라 작은 탑처럼 쌓였던 돌무더기를 밟았고 돌들은 여기저기로 다시 흩어져 버렸다. 너무하네. 잠시나마 안쓰럽게 생각하던 마음이 가셨다. 불편한 것을 불편하다고 솔직히 말하는 해원의 사정을 봐줄 필요가 없을 것 같았다.

"근데 내가 너한테 뭐 잘못했어?"

"아니야. 넌 잘못한 거 없어. 너 때문이 아니라 그냥 내가 불편해서 그래. 미안해, 정말. 너 보면 옛날 생각나고, 자세히 알면 알수록 죄책감도 느껴지고, 그래서 그래."

난 자세히 말한 적이 없는데 우습게도 해원은 모두 알게 되었다고 생각했다. 네가 본 것은 일부의 일부의 일부에 불과하다는 것을 알게 하고 싶었다.

"오케이."

내가 순순히 대답하자 해원의 눈이 커졌다.

"정말?"

"그렇게 불편하다는데, 억지로 뭘 어쩌겠어. 그 대신, 완전히 끝내기 전에 내 부탁 하나만 들어주라."

"부탁?"

해원은 되묻더니 천천히 고개를 주억거렸다.

"알았어."

"뭐든지?"

"뭐든지. 내가 할 수 있는 일이면 할게."

"그럼 부탁할게. 너만 할 수 있는 일이야."

"뭔데?"

문득 VR룸에서 총으로 좀비를 쏴 죽이던 기억이 났다. 언제든 누군가를 쏘고도 남을 만한 분노가 내게 장전되어 있었다는 사실을 그 순간 알게 되었다. 이번에는 해원을 쏠 것이다.

그 어느 때보다 내 정신은 또렷했다. 어느 정도 충동적이긴 했지만 흥분한 상태는 아니었다. 해원이 두려워하는 것은 다시 회자되는 것. 사람들의 경멸을 견디는 것. 나는 그걸 잘 알았다. 처음으로 해야 할 일을 찾은 느낌이었다.

나는 사실 그동안 잠들어 있었던 게 아닐까. 엄마와 함께 말이다.

해원

1.

"대부분의 식물인간 환자는 뇌간 기능이 살아 있어서 자발적으로 호흡할 수 있지만 엄마는 호흡 기능이 좋지 못해서 기계가 없으면 자가 호흡이 어려워. 산소 공급을 차단하면 삼십 분 정도는 괜찮겠지만 그 이상은 무리겠지. 길어도 한 시간 정도면 끝나지 않을까."

해원은 혼란스러운 표정으로 시안을 바라봤다.

"도대체 무슨 말을 하는 거야?"

"이해했으면서 왜 모른 척이야."

"말이 된다고 생각해?"

해원은 공포에 질린 채로 물었다. 자신이 이해한 것이

맞는지, 부디 아니기를 바라는 얼굴로.

"말이 안 되면?"

해원은 시안이 미쳤다고 생각했다. 그 아이를 지탱하던 부품 하나가 빠진 것처럼 삐걱거린다고.

"시안아…… 진짜 왜 그래. 나 무서워."

해원이 시안에게서 벗어나려 때마침 정거장에 도착한 버스에 타려고 하자 시안이 외쳤다.

"네 친구들은 아직 모르지?"

"뭘?"

"뭐긴 뭐야. 네 원래 이름이 김해원이라는 거."

학생, 안 탈 거야? 버스 기사가 물었다. 해원은 어쩔 수 없이 버스를 보내고 말았다.

"네 엄마가 슈퍼 전파자 N번이라는 거. 너희 가족 때문에 강선구가 폐쇄되었다는 거 말이야."

해원이 당황한 듯 말을 더듬었다.

"그, 그게 뭐?"

"다 모를 거 아니야. 아무도."

해원은 경악했다. 속으로 생각했다. 최악이야. 넌 정말 최악이야!

"그래서 그걸 폭로라도 하겠다는 거야?"

"어떨 것 같은데?"

"아니지? 아니잖아."

"네가 하기에 따라서 달라지겠지."

해원은 눈앞이 노래지는 것 같은 충격에 휩싸였다. 오래전 일이지만 사람들에게 시달린 기억은 지나치게 선명했다. 엄마, 아빠가 일자리를 잃은 것은 시작에 불과했다. 지역 커뮤니티에 해원 가족의 주소, 동선과 일상, 심지어 실명까지 나돌았다. 학원에서 감염된 학생들이 수십 명에 달해 학부모들이 집단 소송을 하겠다고 했다. 친구들이라고 생각했던 아이들과의 채팅방이 감옥이 되어 매일 쏟아지는 원망과 욕설을 들었던 기억도 생생했다. 오랫동안 무차별 공격을 받으니 이상하게도 죄책감은 희미해지고 생존 욕구 외에는 아무것도 남지 않았다.

"이렇게 해서 네가 얻는 게 뭐야? 나는 널 진심으로 의지했어. 넌 왜 내 약점을 가지고 괴롭히는 거야?"

해원이 갑자기 발작하듯 소리를 질렀다.

"이게 네가 원하는 거야?"

시안은 해원의 격한 반응을 오히려 즐기는 듯했다. 해원은 스스로를 안심시키듯 빠르게 중얼거렸다.

"그걸 말한다고 뭐가 달라진다고? 웃기지 마. 그게 언제적 일인데. 밝혀진다고 해도 이제 와서 사람들이 뭘 어쩌겠어. 보통 사람들은 이미 다 잊고 살아. 내 친구들은 오히려 나를 위로할걸."

"그렇게 당당하면 이름을 왜 바꿨어? 너랑 네 가족 때문에 감염된 사람들도 잊었을까? 아무것도 수습하지 않고 도망간 너희를 누가 이해해. 너도 두렵잖아. 사람들이 알게 될까 봐."

어느새 주위가 어둑해졌다. 오가는 버스 외에는 사람도 지나다니지 않았다. 세계에 둘만 남겨진 것처럼.

해원은 시안의 마음을 돌리기 위해 무슨 말이라도 해야 했다. 시안의 손을 붙잡고 말했다.

"맞아, 미안해. 나 무서워. 정말 무서워, 시안아. 너 옛날에는 안 이랬잖아. 예전엔 되게 착했잖아. 왜 이렇게 변했어?"

그건 절대로 시안에게 해서는 안 되는 말이었다. 특히 해원이 그 말을 하는 건 시안을 더 자극할 뿐이었다.

"이거 말고 다 할게. 잘못했어. 근데 이건 못 하겠어. 내가 이모한테 어떻게 그래. 너 힘든 거 알아. 이해해. 차라리 내가 자주 가서 간병을 도울게, 응? 차라리 그게 나을 거야. 너 스트레스가 너무 심해서 그러는 거지? 진심 아니잖아. 내가 너 숨 쉬게 해 줄게. 나도 노력할게."

시안은 자신의 손을 붙든 해원의 손을 겹쳐 잡고 말했다.

"나도 부탁할게, 해원아."

해원은 시안의 눈을 들여다보았다. 그리고 고개를 떨궜다. 냉랭하다고 생각했던 시안의 눈에서 착잡함을, 절박함을 읽어 버렸기 때문이었다.

2.

시안은 아파트 단지에 들어선 후 무언가를 확인하듯 두리번거렸다. 지형지물을 익히듯이 여기저기를 눈에 담더니 약간 웃음이 묻은 말투로 말했다.

"너, 여기 숨어 있었구나? 좋은 데 사네."

숨어 있던 게 아니라 그냥 살고 있던 건데. 인구 천만 명이 사는 도시에 자신도 묻어가고 있었을 뿐인데 시안이 그렇게 말하니 정말 사람들 틈에 숨어 있다가 희박한 확률로 시안에게 발각된 듯한 기분이었다. 어쩌면 그게 사실인지도 모른다고 해원은 생각했다.

그날 시안에게서 그런 부탁을 받은 후, 해원은 제대로 잠을 잘 수 없었다. 시안은 끝나지 않을 것 같은 입씨름에 지쳤는지, 생각할 시간을 줄게,라는 말을 남기고 버스를 타고 떠났다. 이후에 시안에게서 여러 번 연락이 왔다. 무시하고 차단하고 싶었지만 시안이 돌발적으로 어떤 행동을 할지 몰라 차마 그럴 수 없었다. 해원은 최대한 겁먹은 티를 내지 않으려고 노력하며 시안을 대했다. 그리고 해원은 오늘 시안을 집으로 초대했다. 왜 시안이 갑자기 집 구경을 하고 싶다고 하는지, 그 마음을 헤아리기 어려워서 꺼림칙한 마음을 숨긴 채로.

시안과 함께 있을 때도 해원은 이런저런 생각에 빠졌다. 자신이 왜 시안을 무서워하는지 이상하고, 그래 봤자

이 애가 뭘 할 수 있는지, 자신의 삶에 손톱만큼의 영향이라도 미칠 수 있는지 따져 보았다. 하지만 혹시나 하는 마음이 해원을 옭아매 옴짝달싹 못 하게 했다. 사실을 알게 된 사람들이 자신을 얼마나 비난할지 상상하면 섬뜩했다. 이미 경험해 본 일이니까. 자기 전에는 내일 아침을 먹으면서 별일 아닌 것처럼 시안의 터무니없는 요구를 엄마 아빠한테 일러야겠다고 다짐을 했다가, 아침이 되면 어쩌면 자신보다 엄마 아빠가 더 두려워할지도 모른단 생각에 자신이 없어졌다. 엄마 아빠는 망가진 삶을 복구하기 위해 피나는 노력을 했다. 해원은 그걸 잘 알고 있었다.

김해원이 아닌 김지원의 주변 사람들이 과연 자신의 편을 들어 줄지, 과거의 일을 대수롭지 않은 일이라고 여길지도 알 수 없었다. 어떤 날은 당연히 그럴 것이라고 확신했고 어떤 날은 자신이 없었다. 지금 겪고 있는 모든 일들이 부당하다고 생각했지만 결국 문제를 해결할 방안은 찾지 못한 채 시안에게 끌려다녔다.

시안은 엘리베이터가 넓고 굉장히 빠르다고, 생체 인식 도어 록이 편리해 보인다고, 집이 넓고 환해서 좋겠다고 쉴 새 없이 품평을 했다. 단순히 친구 집에 와서 들뜬 것처럼 보인다기보다는, 자꾸 뭔가를 확인하려 드는 것 같아 해원은 경계를 늦출 수 없었다.

"그동안 잘 산 것 같아서 보기 좋네."

'우리, 그렇게까지 편하진 않았어. 그렇게 잘 산 것도 아니고. 엄마 아빠 모두 지방 생활은 처음이라 자리 잡는 게 힘들었어. 나는 학교에서 적응을 잘 못 해서 전학 간 학교에서 거의 혼자였어. 집중할 게 필요해서 공부만 했던 거야. 대부분은 안 좋았어. 누가 프록시모 이야기를 꺼내면 움츠러들었고 내가 너무 불안해하니까 엄마 아빠도 개명을 허락해 줬어.'

해원은 그렇게 항변하고 싶었지만 집 안 곳곳을 살펴보는 시안의 뒷모습만 좇았다. 그때 시안이 어딘가를 응시하고 있는 것이 느껴졌다. 시안의 눈길이 머무는 곳에는 가족사진이 있었다. 그런 사진이 거기에 언제부터 놓여 있었는지 해원은 몰랐다. 관심이 없었다. 엄마는 가족사진을 액자에 끼워 여기저기 전시해 놓는 것을 좋아했다. 액자를 걸기 위해 허락도 없이 벽에 못을 박아서 집주인에게 싫은 소리를 들은 적도 있었다. 엄마는 그런 걸 대수롭지 않게 생각했다.

시안이 유심히 바라보고 있는 건 일본에서 찍은 사진이었다. 삼 년 전쯤 오사카에 있는 온천에서 찍은 사진. 해일은 유카타를 입고 개구쟁이처럼 웃고 있었고 해원은 아빠의 손을 잡고 엉뚱한 곳을 향해 브이를 그리고 있었다. 그리고 그 옆엔 스페인의 이름 모를 성당 앞에서 찍은 사진이 보였다. 10박 11일에 헝가리, 체코, 독일, 프랑스, 이탈리아, 스페인을 여행하는 패키지 상품이었다. 바보 같은 일정이었다. 떠오르는 것이라곤 이탈리아에서 먹은 피자뿐인데 그마저도 해원의 가족은 팁을 주지 않는다고 웨이터에게 욕을 먹어 썩 유쾌한 기억이라곤 할 수 없었다. 엄마는 돈을 아끼고 아껴서 프랑스에서 명품 가방을 샀다. 그때 산 가방을 아직도 친척 결혼식이나 장례식에만 들고 다녔다. 해원은 자신의 가족이 적당히 고생하면서 적당히 궁상맞게, 또 드문드문 행복하게 살았다고 생각했다.

그래서 해원은 불안했다. 자신들의 사소한 행복이 누군가에게 치명적인 상처를 입히리라는 걸 예감할 수 있었다. 시안이 저런 사진을 보면 오해할 수도 있을 것 같았다. 자신이 저 아이의 작은 머릿속을 처음으로 읽어 낸 것 같았다. 해원의 가족이 그동안 내내 즐거웠을 거라고, 어디든 갈 수 있었을 거고, 자유를 누리면서 살았을 거라고 생각할 수도 있겠지만, 아니었다. 보이는 것만큼 그렇게 행복하지는 않았다.

하지만 정말 아니었나? 자주 불행하다고 생각했지만, 진짜 불행했던 게 맞는지 지금은 헷갈렸다. 시안과 자신을 무의식적으로 계속 비교했다. 해원은 시안에게 자주 너를 생각했다고 말했다. 물론 생각을 하긴 했지만 얼마나 자주? 얼마나 진지하게? 해명하려 하면 할수록 시안을 기만하는 기분이 들었다.

그때 정적을 깨고 누군가 현관문 비밀번호를 누르는 소리가 들렸다. 해원과 시안 모두 화들짝 놀라 마주 보았다. 시안이 빠르게 소곤거리듯 말했다. 오늘 집에 아무도 없다며. 자신이 일부러 함정을 설치하기라도 했다는 듯이 험악한 표정이라 해원은 억울했지만 사실은 시안보다 더 놀라 아무 말도 못 했다. 이렇게 갑자기 시안과 엄마 아빠가 만나면 안 될 것 같았다. 누구도 해코지할 마음은 없지만 그냥 마주 보는 것만으로 상처가 되는 관계도 있었다. 해원이 우물쭈물하는 사이 시안은 본능적으로 소파 뒤에 몸을 숨겼다.

"집에 누구 왔어? 못 보던 신발인데."

해일이었다. 해원과 시안은 둘 다 안도의 한숨을 내쉬었다.

"친구들이랑 놀러 간다며."

"몰라. 갑자기 취소됐어."

해일은 곧장 주방으로 가서 단숨에 찬물을 두 잔이나 마셨다. 시안은 아무 일도 없었던 것처럼 자연스럽게 소파에 앉았다. 뒤늦게 시안을 발견한 해일이 두 눈을 크게 떴다.

"깜짝이야. 신발 네 거였어?"

"응."

"너는 시안이 오면 나한테도 말을 하지."

"내가 말하지 말라고 했어. 갑자기 오면 이모 놀라실 수도 있을 것 같아서."

"하긴. 엄마는 좀 놀랄 수도 있겠다. 그래도 반가워할 걸? 말은 안 해서 그렇지 엄마도 이모 보고 싶을 거야. 우리 엄마 유일한 친구가 이모였잖아. 만나면 화해하고 다시 잘 지내겠지."

"화해?"

해일의 말에 시안이 쏘아붙이듯 물었다. 해원은 시안의 날 선 반응에 심장이 빠르게 뛰기 시작했다. 해일도 실수했다는 것을 깨달은 듯 횡설수설했다.

"아니, 내가 말을 잘못했네. 화해가 아니라, 그, 오랜만에 만나면 그러잖아. 서운했던 거 미안했던 거 털어놓고, 회포를 푼다고 하나? 뭐 그런 거 말이야."

"이모랑 엄마 사이에 화해는 무슨. 금세 예전처럼 지내겠지. 우리 엄마가 늘 져 줬잖아, 이모한테는. 이모가 우리 엄마한테 언니, 언니, 그러면서 부탁하면 다 들어줬잖아."

시안의 말에 해원은 말문이 막혔다. 시안의 말은 조금 이상하게 들렸고, 솔직히 말하면 기분이 상했지만 정확히 어떤 지점에서 이상하게 들리고 기분이 상한 건지 짚어내기 애매했다.

"맞아. 엄마랑 이모랑 워낙 친했으니까. 난 가끔 우리 이모보다 시안이네 이모가 진짜 이모 같았다니까. 진짜 이모는 외국 살아서 자주 못 봐서 그런가."

해원의 엄마는 외국에 사는 그 막내 이모를 보러 갔다가 감염되었다. 싸해진 분위기를 수습하고 싶은지 해일은 필요하지도 않은 말을 덧붙였다. 해원은 시안이 혹시나 그 일을 떠올리기라도 할까 봐 서둘러 말을 돌려 시안의 주의를 끌었다.

"너 배고프지. 뭐라도 먹을래?"

그러자 해일이 갑자기 팔을 걷어붙이더니 자신 있다는 표정으로 말했다.

"오랜만에 왔으니까 내가 해 줄게. 시안이 너 로제떡볶이 아직도 좋아해? 우리 요즘도 종종 해 먹어. 이모가 가르쳐 준 레시피대로."

이모는 나랑 김해원 때문에 우유 안 넣고 두유 넣어서 만들어 줬잖아. 너 기억해? 아무것도 모르고 떠들어 대는 김해일의 입을 해원은 틀어막고 싶었다. 해원은 시안의 표정이 어떤지 살폈다. 시안은 굳었던 표정을 금세 풀고 주방으로 앞장서는 해일을 따라갔다. 해원은 이 상황이 너무나 불편했다. 이 공간에서 유일하게 해일만 마음이 편해 보였다.

양송이랑 브로콜리도 있네. 잘됐다. 너희는 거기 앉아 있어. 고추장 한 숟갈에 고춧가루 한 숟갈, 케첩 한 숟갈, 그리고 물엿 한 숟갈이랑 비건 마요네즈 두 숟갈을 넣는 거야. 소금은 티스푼으로. 재료를 볶고 소스를 부어. 물은 반의반 컵 정도만. 그리고 두유를 넣는 거지. 졸이는 동안 이거 마실래? 두유 데워 줄게. 시안아, 이리 와서 맛 좀 봐. 어때, 똑같지?

시안과 해원은 해일이 꽤 능숙하게 음식을 만들어 내는 과정을 지켜보았다. 먹음직스러운 떡볶이를 바라보고 있으니 해원은 꼭 예전으로 돌아간 것 같았다.

"맛있다."

"맛있어? 더 먹어. 많아. 김해원, 우리 예전에 유치원 끝나고 시안이네 집 가서 「로보카폴리」 보던 거 기억나? 초등학교 때는 「괴도 키드」 보고."

"당연히 기억나지. 우리 수영장도 같이 다녔잖아."

"맞다, 기억난다. 아파트 아줌마들 때문에 단체로 수영반 등록했었지. 그때 엄마들이 무조건 애들 수영은 가르쳐야 된다고 난리도 아니어서."

"시안아, 그거 알아? 김해일 그때도 튜브 안 놓더니 아직도 수영 못 해."

"헐, 오빠 좀 심하다."

"그때 시안이가 오빠 구해 줬던 거 기억 안 나? 발 닿는 곳인데 혼자 어푸어푸하는 거 시안이가 끌고 나왔잖아."

"뭐래, 기억 안 나거든."

"그 수영반에 오빠가 좋아하던 언니도 있었는데."

"나 기억나. 1505호! 빨간 머리 언니!"

"닥쳐! 아니거든. 그 누나가 나 좋아했던 거거든. 수영반 끝나고 나한테만 젤리 주고 그랬어."

반응이 거친 것을 보니 정곡을 찌른 모양이었다. 쏟아지는 기억들은 우습고 평범했지만 아무것도 아닌 것은 절대로 아니었다. 해원은 웃으면서 시안을 살폈다. 억지로 웃는 것 같지는 않았다. 정말 즐거워하고 있었다. 그렇게 편안해 보이는 얼굴은 오랜만이었다. 저렇게 순한 얼굴을 한 시안이 그런 잔인한 제안을 하다니. 기이한 괴리감에 해원은 몸을 떨었다. 그저 홧김에 한 이야기일 거라고 믿고 싶었다.

"그때 진짜 재밌었는데. 아, 너네 방학하면 하루 날 잡고 워터 파크 갈까?"

"고3한테 워터 파크가 웬 말이야."

"튜브 사야겠다. 오리 그려진 걸로 사야지."

시안과 해원의 대답을 듣지도 않고 해일은 설레는 표정으로 워터 파크 시설을 검색했다.

"오빠는 진짜 아직도 해맑은 것 같아."

"바보 같다는 거냐?"

"아니야. 순수해 보인다는 거지. 그래서 부러워, 진짜. 되게 가뿐해 보여."

시안이 하는 말을 해일은 곧이곧대로 듣고 기분이 좋은 듯 싱긋 웃었다.

"그런가. 내 친구들도 나한테 유치하다는 얘기 많이 해. 그래도 내가 한 살 많으니까 고민 같은 거 있으면 말해. 들어 줄 수 있어."

"그런 거 없어."

"오늘 너 자고 갈 거야?"

해일이 물었다. 해원은 생각도 해 보지 않은 일이라 약간 당황했다. 엄마 아빠는 1박 2일 일정으로 산행을 간다고 했으니 큰 문제는 없겠지만 불편한 마음은 어쩔 수 없었다.

"아니야. 이거 먹고 갈 거야."

"더 놀다 가지 왜. 밤에 야식 시켜 먹자. 내가 사 줄게."

해원과 시안은 눈이 마주쳤다.

"그럴까? 해원, 나 자고 가도 돼?"

해원은 시안이 자신을 시험하는 것 같았고 지지 않기 위해 웃으며 대답했다.

"응. 내 옷 빌려줄게."

시안은 아빠에게 물어본다며 메시지를 보냈다. 금세 알림이 울렸고 답장을 확인하더니 아쉽다는 듯 말했다.

"역시. 오늘은 안 될 것 같다."

해원은 그제야 한숨 돌렸다. 그때, 그렇게 떠들어도 꿈쩍도 안 하고 낮잠을 자던 소금이가 맛있는 냄새를 맡았는지 식탁 주변으로 와서 낑낑거렸다.

"안 돼. 넌 못 먹는 거야. 그 대신 간식 줄게."

해원이 고구마 말린 것을 가져오자 시안이 흥미로운 표정으로 자신이 간식을 줘 보겠다고 했다. 시안의 눈빛이 반짝반짝 빛났다.

"네가 소금이구나! 앉아! 너무 똑똑하다. 몇 살이야?"

"세 살 됐어, 우리 소금이."

"소금아, 너 진짜 귀엽다. 너무 예쁘다. 나도 강아지 키우는 게 소원이었는데."

소금이는 원래 낯을 가리지 않는 데다 영리해 자신을 좋아하는 사람과 그렇지 않은 사람을 잘 구별했다. 시안이 자신을 예뻐하자 그걸 알고 옆에서 애교를 부리며 간식을 세 개나 얻어먹었다.

"한 마리 키우지, 왜?"

해일의 말에 시안이 조금 머뭇거리다가 나도 그러고 싶지,라고 말했다.

"강아지 한 마리 키우는 게 엄청난 책임감을 필요로 하긴 해. 우리도 소금이가 온 뒤로 완전히 발목 잡혔지 뭐. 요 녀석 때문에 여행도 못 가고. 그래도 이렇게 애교 부리는 거 보면 키울 맛 난다."

"뭐래. 지는 산책도 안 시키면서."

해원이 어처구니없다는 듯 쏘아붙였다. 시안이 웃음을 터뜨렸다.

"맞아. 강아지 키우려면 책임감이 필요하다고 하더라. 나는 못 할 것 같아. 매일 산책시키고, 간식 주고, 씻기고, 똥 치워 주고. 힘들 것 같아."

소금이가 허겁지겁 간식을 계속 받아먹는 것을 보고 해원은 좀 과하다고 생각해 그만 주라고 말했다. 하지만 시안은 여섯 번째 간식을 꺼냈다. 소금이는 이미 배가 빵빵해졌는데도 자꾸만 간식을 얻어먹으려고 시안의 품에서 꼬리를 쳤다.

"그만 주자. 더 먹으면 토해."

해원이 다시 한번 말했지만 시안은 들은 척도 하지 않았다. 소금이는 간식을 먹다가 목에 걸렸는지 캑캑거렸다. 해원은 깜짝 놀라 소금이를 빼앗듯 안았다.

"소금아, 괜찮아? 그러니까 왜 그렇게 욕심을 내."

소금이는 한참을 캑캑거리더니 간식을 토해 냈다. 아직 소화되지 않은 고구마가 러그를 적셨다. 시안은 잠깐 당황한 듯했지만 서둘러 휴지를 가져와 러그를 닦았다. 해일도 시안을 도왔다. 해원은 시안의 행동에 약간 신경이 날카로워졌다.

"그만 주라고 할 때 멈췄어야지. 애 괴롭히는 것도 아니고."

시안은 바로 사과했다.

"미안. 강아지가 처음이라서. 너무 예뻐서 나도 모르게. 소금아, 미안해."

"괜찮아. 나도 그런 적 있어. 얘가 바보라 자기 양을 잘 모르고 주는 대로 받아먹어."

해일이 아무 일도 아니라는 듯 시안을 달랬다. 하지만 해원은 열이 가라앉지 않아 한마디 덧붙였다.

"아기니까, 아무것도 모르니까 우리가 더 신경 써야지. 우리가 애 보호잔데, 기도라도 막혔으면 어쩔 뻔했어."

"오버하지 마. 왜 그래?"

해일이 분위기를 풀려고 말했지만 이번에는 시안도 마음이 상한 듯 대꾸하지 않았다. 해일이 다른 주제로 억지로 말을 이어 나가려고 했지만 잘 풀리지 않았다. 마음이 불편해진 시안이 시간이 늦었다며 일어섰다.

"시안이 버스 정거장까지 데려다주고 올게."

해원과 시안은 말없이 함께 걸었다.

"생각은 해 봤어?"

"또 그 소리야?"

해원은 짜증을 숨기지 못했다. 시안이 피식 웃었다.

"너, 나 만나는 거 힘들지. 네 얼굴에 다 티 나."

"숨기려고 해도 티가 나나 보네. 넌 아니야?"

"어. 난 아닌데. 난 너 만나는 거 좋아. 너는 이상하게 생각하겠지만 난 너 아니면 이렇게 이야기 나눌 사람 없어. 학교에도 친구 없고."

"너는 한 명밖에 없는 친구를 말도 안 되는 소리로 힘들게 해? 내가 그 말을 어떻게 믿어."

시안은 멀리서 다가오는 버스를 바라보다가 툭 내뱉었다.

"너도 그때 한 명밖에 없는 친구 두고 떠났잖아."

해원은 말을 잃었다. 시안은 버스를 타고 떠났다. 보내 버리고 나니, 이상하게도 공허가 밀려왔다.

시안

1.

여름 방학이 시작되고 엄마와 함께 있는 시간이 늘어나면서 나는 엄마의 얼굴을 오래 바라보게 되었다. 일 년에 한 번 정도, 어쩌면 두 번. 엄마가 제대로 나를 보고 있다는 느낌이 드는 순간이 있다. 바로 지금처럼. 그러니까 억지로 고개의 각도를 맞춰서 엄마 얼굴 앞에 내 얼굴이 버티고 있는 평소와는 완전히 다른 느낌이다. 이런 날은 예고 없이 찾아오고, 이게 착각이든 환상이든 나는 이런 순간 때문에 지금껏 엄마를 놓지 못하는지도 모른다.

고개를 숙여 엄마의 가슴에 귀를 댔다. 규칙적인 심장 박동 소리가 들렸다. 엄마는 죽은 사람과 비슷하지만 죽은 것은 아니다. 적어도 온기가 남아 있다. 영혼까진 모르겠지만.

나는 엄마의 마음이 여전히 여기 있다는 생각에 시달린다. 난 왜 이걸 시달린다,고 표현할 수밖에 없을까. 차라리 나를 다 들켜 버린다면 어떨까. 내 속마음을 알게 되면 엄마는 나를 괘씸하게 생각할까.

아침에 일어나니 최선희 선생님에게서 할 말이 있으니 잠깐 대화 좀 하자는 문자가 와 있었다. 나라에서 일부 보조를 해 줬지만 가정 간병을 하게 된 후로 간병비 부담이 늘어났기에 어떤 말을 듣게 될지 걱정이 되었다. 평소보다 일찍 집에 도착한 선생님은 아무래도 다음 주부터 일을 그만둬야 할 것 같다고 했다.

"왜요?"

선생님은 묻는 말에는 대답을 않고 묵묵히 피딩에 집중했다. 엄마는 어쩐 일인지 아침부터 줄곧 눈을 뜨고 있었다.

최선희 선생님은 나에게 많은 것을 가르쳐 주었다. 예전에는 스스로 할 수 있는 게 없어서 모든 것을 간호사에게 부탁해야 했다. 바쁘게 복도를 걸어 다니는 간호사들에게 말을 걸기조차 어려웠다. 그 사람들이 우리 엄마를 귀찮게 여길까 봐, 나를 유난스럽다고 생각할까 봐 조심스러웠다.

최선희 선생님은 나를 중학생이 아닌 '보호자'로 대했고 당연히 환자를 직접 돌보는 법을 익혀야 한다고 했다. 나는 피딩하는 법, 기저귀 가는 법, 산소 포화도를 체크하는 법을 배웠다. 겨울에는 무엇이 필요하고, 여름에는 특히 어떤 점을 유의해야 하는지 선생님의 조언을 다이어리에 정리했다.

그리고 쉬는 법을 배웠다. 최선희 선생님은 쉬라고 했다. 별일 없을 거라고, 눈을 붙이라고. 책을 보거나 드라마를 보라고 권했으며 산책을 다녀오라고 말해 준 것도 최선희 선생님이 처음이었다. 선생님은 엄마를 잘 알았다. 아프기 전의 모습은 전혀 몰랐지만 엄마를 궁금해했다. 글을 쓰는 사람이었고 떡볶이를 좋아했다는 것도 알았다. 엄마 피부가 건성이라 자주 로션을 발라 줘야 한다는 것과 냄새에 민감한 사람이었다는 것을 기억해 주었다. 엄마가 언제 편안함을 느끼는지 아는 것처럼 보였다.

우리가 뭔가를 서운하게 해서 그만두기로 마음먹은 걸까? 다른 가족이 돈을 더 주겠다고 제안한 걸까? 센터에 간병인을 신청하면 바로 새 사람이 배정되겠지만 엄마가 어떤 사람이었는지, 엄마에게 무엇이 필요한지 처음부터 다시 알려 줘야 한다는 게 버거웠다.

"조건이 안 맞으시면 아빠한테 얘기해 볼게요."

나는 괜히 어른스러운 척하며 선생님을 붙잡았다.

"아들이 아파."

"네?"

"장애가 있어. 내가 일할 때는 남편이 집에서 돌보고, 내가 일 끝내고 가서 보고, 그렇게 바통 터치를 했는데 남편이 허리를 다쳐서 당분간은 내가 돌봐야 할 것 같아. 최대한 빨리 돌아오도록 해 볼게. 네 방학이 끝나기 전에. 후임도 내가 아는 사람이야. 깔끔한 사람이니까 너무 걱정하지 않아도 돼."

이제야 왜 선생님이 절대로 초과 근무는 하지 않았는지 이해할 수 있었다. 왜 나는 선생님을 궁금해하지 않았을까. 분명 선생님도 퇴근 후의 삶이 있을 텐데, 나는 월요일부터 금요일, 오전 9시부터 오후 6시까지 엄마를 보조하는 선생님에게만 관심이 있었다. 사실 관심이라기엔 음침한 감정이었다. 조금이라도 문제가 생길까 봐 선생님의 일거수일투족을 감시하듯 바라봤으니까. 내가 만만해 보이면 엄마를 건성으로 돌볼까 봐 일부러 위생에 예민한 척 선생님에게 불평을 늘어놓기도 했다.

"아…… 죄송해요."

아무 말도 하지 못하다가 간신히 말했다.

"네가 뭐가 죄송하니. 괜찮아. 너는 웬만한 전문가보다 엄마 잘 돌보니까 하던 대로만 하면 돼. 모르는 거 있으면 전화해서 물어보고."

"선생님 없이 잘할 수 있을지 모르겠어요."

나는 솔직하게 말했다. 최선희 선생님은 피딩을 끝낸 뒤, 물을 끓여서 페퍼민트 차를 우려냈다. 집 안에 풀 향이 감돌았다. 내가 우두커니 서 있으니 선생님이 식탁을 두드리며 여기 와서 잠깐 앉아 보라고 했다. 우리는 마주 앉아 차를 마셨다. 페퍼민트 차를 마시면 머리가 맑아지고 마음이 진정된다고 했던 엄마의 말이 생각났다. 차는 엄마를 위한 것이라고 생각해서 한 번도 제대로 즐긴 적이 없는데 내 몫의 차 한잔으로 약간의 여유와 평화가 생긴 것 같았다. 향은 선생님과 내 사이의 경계를 허물며 집 전체로 은은하게 퍼져 나갔다.

"우리 아들은 나랑 내 남편 몸무게를 합친 거보다 무거워. 고등학생 때까지 축구를 하던 아이였는데 경기에 나갔다가 크게 다쳤어. 공중에서 헤딩 경합을 하다가 머리부터 땅에 떨어졌대. 한 달 정도 혼수상태에 있다가 깨어났어. 선수 생활은 힘들겠지만 재활하면 충분히 일상으로 돌아갈 수 있을 거라고 생각했는데 아니었어. 여전히 목 아래로는 움직이지 못해."

"모두 힘들었겠네요."

"힘들었지. 그래도 이제 많이 적응이 됐어. 요즘은 음성인식 기기가 잘 되어 있어서 혼자 컴퓨터로 잘 놀아. 인터넷으로 친구들을 사귀어서 소통도 하고. 남편도 간병 일에 완전히 베테랑이라서 어련히 잘하겠지 싶다가도 일 때문에 잠시 혼자 둬야 하는 날이면 불안해. 집에 들어가기

전에 숨을 가다듬지."

나 또한 그랬다. 엄마를 만나기 전 호흡을 가다듬는 일은 어떤 의식과도 같았다.

"눈앞에 충격적인 상황이 펼쳐져 있더라도 침착하자고 다짐해. 혹시 아들이 침대에서 떨어지진 않았을까. 바닥에 누운 채로 몇 시간이고 나를 기다리다가 배설물을 그대로 뭉개고 앉아 있는 건 아닐까 하는 생각 때문에 괴롭지. 실제로 그런 날이 있어. 악취를 맡으며 변을 닦아 내고, 아들을 일으켜 침대에 다시 눕히고, 걸레를 빨고, 환기를 시키고, 웃는 얼굴로 아들에게 오늘 하루 어떻게 보냈냐고 물어보는 일은 힘들지 않아. 아들이 내게 미안해하는 얼굴을 보는 게 괴로워. 너에게는 또 너만의 불안이 있겠지."

보호자인 이상 이 불안은 끝나지 않을 것이다. 내 마음을 알아챘는지 최선희 선생님이 조용한 목소리로 말했다. 어떤 상황에서도 쉽게 흥분하지 않고 침착하며, 듣는 사람도 안심하게 만드는 목소리였다.

"너무 슬퍼하지 마. 모두 결국에는 누군가를 간병하게 돼. 한평생 혼자 살지 않는 이상, 결국 누구 한 명은 우리 손으로 돌보는 게 자연스러운 일이야. 우리도 누군가의 간병을 받게 될 거야. 사람은 다 늙고, 늙으면 아프니까. 스스로 자기를 지키지 못하게 되니까. 너는 조금 일찍 하게 된 거라고 생각해 봐."

나는 눈을 감고 상상해 보았다. 나의 오십 년 후를. 흰머리가 생기고 관절이 상하고 기억력이 감퇴할 것이다. 분명 누군가에게 도움을 구하게 될 것이다. 아니, 당장 며칠 후 예기치 못한 사고를 당해 손가락 하나 까딱 못 하는 상황에 처할지도 모른다. 그러면 나는 당연히 아빠에게 도움을 청하겠지. 조금 미안한 얼굴로. 배고파, 혹은 화장실 좀 데려가 줘. 아, 미안. 실례를 해 버렸네. 내가 저지른 일을 수습하는 아빠 앞에서 애써 담담한 척하며 눈을 감고 나를 달랠 것이다. 이런 건 자연스러운 일이다. 그래, 자연스러운 일이다, 자연스러운.

"하나도 위로가 안 되는데요."

내 말에 선생님이 큭큭 웃었다.

"그래도 그렇게 생각하려고 노력해 봐. 네가 지금 엄마 곁에 있는 시간만큼 미래에 누군가가 너를 지켜 줄 거라고."

"선생님은 그렇게 생각할 수 있으세요? 아들이 아픈데 나중에 누가 선생님을 지켜 주나요? 깨어 있는 모든 시간을 간병에 쏟으면서 어떻게 긍정적일 수 있어요?"

환기를 위해 열어 놓은 베란다 창문으로 시원한 바람이 들어왔다. 옛날에는 베란다에 화분이 가득했다. 디퓨저를 따로 놓지 않아도 집에는 언제나 머리를 맑게 해 주는 풀 냄새가 가득했다. 엄마가 애지중지하던 화분을 아빠와 나는 단 하나도 지켜 내지 못했다. 어떤 건 깨지고, 어떤 건 말라 죽었다. 최선희 선생님은 고민에 잠긴 듯 잠깐 생각하더니 밝은 표정으로 말했다.

"그래도 누군가 내 곁에 있어 줄 거라고 믿을 거야. 나 같은 사람이라면 더할 나위 없겠지. 나는 자부심을 가지고 있어. 그리고 보람도 느껴. 처음에 내가 간병을 맡았을 때, 넌 너희 엄마에게서 눈을 못 떼고 있었지. 누가 엄마를 바꿔치기라도 할까 봐 그랬니? 식사 때가 되어도 가지 않아서 언제 밥을 먹었냐고 물어보니 너는 아무 말도 못 했어. 그제야 네가 하루 종일 쫄쫄 굶은 걸 알았지. 내가 못

미더워서 그런가 보다, 했어. 그래서 더 마음을 다해 간병했어. 처음엔 편의점에서 삼각 김밥 같은 거나 사서 병실에 쪼그려 앉아 먹더니, 나중에는 식당에 내려가서 밥을 먹기도 하고, 잠시 자리를 비우기도 하는 걸 보고 난 뿌듯했어."

"그러셨어요? 불안증이 심해서 그랬던 것 같아요."

아빠와 나는 엄마에게서 눈을 떼지 못했다. 한눈을 판 건 아니지만 엄마의 의식이 멀어지는 순간에 우리가 자리를 비웠다는 죄책감에서 헤어나지 못했다.

"알아. 어쨌든 네가 나에게 엄마를 완전히 맡기고 하루에 단 몇 시간이라도 네 시간을 보내는 게 좋았어. 학교 가는 너를 보면 기뻤어."

차는 어느새 식어 있었다. 나는 말로 하기 힘든 묘한 기분을 느끼며 최선희 선생님을 바라보았다. 어쩌면 나도 모르는 새 나의 슬픔을 최선희 선생님과 나누고 있었는지도 몰랐다. 덕분에 나는 아주 조금 가벼워졌는지도.

해원

1.

해원은 엄마를 바라보았다. 오랜만의 데이트에 엄마는 기분이 좋아 보였다. 쇼핑몰에서 옷을 산 뒤 저녁으로 스테이크를 먹을 계획이었다. 해원이 오빠랑 아빠는 어떡하고 우리끼리만 먹느냐고 묻자 엄마는 아무렇지도 않게 알아서 먹으라지 뭐, 하고 대답했다.

지하철에는 사람이 많았다. 자리가 나자 엄마는 앞에 있던 사람을 어깨로 밀치더니 비집고 들어가 해원을 끌어당겨 얼른 자리에 앉혔다. 밀려난 사람이 짜증을 내며 옆 칸으로 갔다. 해원은 민망해 휴대폰을 보는 척했다. 역을 확인하려 고개를 들었을 때 해원은 순간 흠칫했다. 시안의 학교 근처였다. 여러 명이 지하철에 올라탔다. 얼핏 보고 시안인가 싶어 해원은 앞에 선 엄마 옷으로 얼굴을 가렸다.

"왜 그래?"

엄마가 웃으며 해원의 머리를 쓰다듬었다. 슬며시 고개를 들어 주위를 두리번거려 봐도 시안을 닮은 사람은 없었다. 방학 기간이라 학교에 올 리가 없는데도 해원은 자신이 지나치게 긴장하고 있다는 걸 깨달았다.

'엄마에게 얘기할까?'

하지만 엄마가 그때 일을 떠올리지 않았으면 했다. 해원은 자신만큼이나 엄마가 트라우마에 시달리는 것을 알고 있었다. 엄마는 그때 직장을 잃고 지역 커뮤니티에서 매장당했다. 엄마가 재난의 시작점이라고 모두가 비난했다. 엄마는 오랫동안 공황 장애 치료 약을 먹었고 밤에는 깊이 잠들지 못했다.

두 사람은 가을옷을 한 벌씩 샀다. 엄마는 더 갖고 싶은 것이 있느냐고 물었지만 해원은 딱히 끌리는 게 없었다. 그냥 허기가 졌다. 두 사람은 쇼핑몰 9층에 있는 식당가로 갔다.

"아까 산 옷 맘에 들어?"

"응. 괜찮은 것 같아."

"너 요즘 스트레스 심한 것 같아서 기분 전환 좀 하자고 데리고 온 거야. 선생님이 좀 엄하시지? 그래도 다 너 잘 되라고 그러시는 거니까 무조건 믿고 따라가."

"안 그래도 그러고 있어."

"그래. 성적 좀 낮게 나왔다고 주눅 들 필요 없어. 다 한 번씩 고꾸라졌다 올라오고 그런 거니까. 넌 항상 2학기 성적이 더 좋았잖아. 엄마는 너 믿어."

조금 숨이 막혔다. 기분 전환이 되기는커녕 압박감에 도리어 기분이 처졌다. 해원은 요즘 수업에 집중하지 못하고 있었다. 자신이 가장 잘 알았다. 생각이 뒤죽박죽되어 일의 우선순위를 정하지 못하고 헤맸다. 선생님에게 깨지는 것은 당연한 일이었다. 선생님은 기다리기라도 한 듯 자존심 상하는 말을 퍼부었다. 이럴 거면 그렇게 오랫동안 대기 걸어 놓고 우리 학원에 들어올 필요가 있었니. 그냥 주변에 있는 적당한 학원 다녀도 됐잖아. 너는 돌아서면 까먹어? 지원아. 쌤 말 흘려듣니? 너한테 입 아프게 말해 봤자 돌아서면 잊어버리잖아. 보람이 없어, 보람이.

"나 자신 없어, 엄마. 나한테 너무 기대하지 마."

"지원아. 무슨 그런 말을 해. 너 고3이야. 방학 끝나면 곧바로 9월 모평인데 정신 차려야지. 물론 원하는 결과를 내지 못할 수는 있지. 그래도 최선은 다해야 하지 않겠어? 마음 단단히 먹어."

엄마의 목소리가 점점 물에 잠긴 듯 먹먹한 소리로 들렸다.

"몰라. 나보고 어떡하라고. 그냥 계속 마음이 약해지는데……."

"응?"

해원이 중얼거리자 엄마가 무슨 말을 하는 거냐고, 큰 소리로 다시 말해 보라고 했다. 해원은 고개를 들고 엄마를 봤다. 딸과 데이트를 한다고 한껏 꾸민 엄마의 얼굴은 뭐랄까, 잘 관리되어 있다는 느낌이었다. 40대 후반이지만 얼굴에는 주름이 거의 보이지 않았다. 지난겨울에 피부과에서 검버섯과 점을 제거해 피부는 깨끗해져 있었다. 이모는, 이모는 어땠더라? 이모의 얼굴이 잘 기억나지 않았다. 그날, 당황해서 제대로 얼굴을 쳐다보지 못했다. 기억나는 한 가지가 있다면 그건 바로 초점 없는 눈동자. 그 눈동자가 자신을 따라다니며 어디선가 바라보고 있는 것만 같았다.

"엄마도 너 힘든 거 알아. 하지만 몇 달만 지나 봐. 힘들었던 거 기억도 안 날걸. 해일이 봐. 대학 안 간다고 도망 다니다가 결국 엄마 말 듣고 마지막에 마음잡았잖아. 지금 학교 다니는 거 보면 얼마나 좋아 보이니. 너 오빠 안 부러워?"

"엄마. 있잖아, 나 시안이 만났다?"

해원은 계속 입시 얘기를 반복하는 엄마의 입을 막기 위해서, 충동적으로 그렇게 말하고 말았다. 엄마는 이해를 못 하고 계속 누구? 누구 말이야? 하고 되물었다.

"왜 기억을 못 해. 시안이 말이야, 이시안. 같은 아파트 살았던 애."

엄마는 그제야 기억이 난 듯이 화들짝 놀랐다. 어디서? 갑자기 왜? 어쩌다가? 엄마의 얼굴에서 반가움이라고는 조금도 찾아볼 수 없었다. 해원은 왠지 모르게 마음이 아렸다. 엄마에게도 이모는 둘도 없는 친구였는데. 함께한 시간이 그렇게 길고 추억할 일들이 셀 수 없이 많은데 그들을 떠올리면 불안이라는 감정이 가장 우선한다는 것이 슬펐다.

"엄마 몰랐지?"

"뭘?"

해원은 천천히 직접 보고 들은 이모의 상태를 털어놓았다. 얘기하다가도 자신의 입 밖으로 나오는 말들을 믿기 어려워 중간중간 말문이 막혔지만 시안이 요구한 일만 빼고 모든 걸 말했다.

엄마는 입이 마르는 듯 컵에 담긴 물을 전부 마셨다. 해원은 한참 동안 침묵하는 엄마를 유심히 살폈다. 충격으로 공황 상태에 빠질까 봐 조마조마했다. 직원이 가져다준 물을 한잔 더 마신 후 엄마는 긴 한숨을 내쉬었다. 정적을 깨고 입을 뗀 엄마의 질문은 예상 밖의 것이었다.

"그래서, 시안이 계속 만날 거니?"

섬뜩한 위화감.

"불편하지 않겠어? 시안이도 마음이 무거울 것 같은데."

해원은 황당해서 자기도 모르게 말을 더듬었다.

"엄마…… 마음이 무거운 건 우, 우리여야지."

"대답이나 해. 계속 만날 거야? 뭐 하려고 그 집까지 갔어? 친구가 시안이밖에 없는 것도 아니고. 예전처럼 똑같이 놀려고? 환자가 있는 집에 가서? 넌 참 넉살도 좋네."

"엄마!"

"일어나. 집에 가자."

음식이 반이나 남았는데도 엄마는 벌떡 일어섰다. 해원이 엄마, 엄마 하고 불렀지만 엄마는 신경질적으로 바닥에 놓여 있던 쇼핑백을 집어 들었다.

"어서 일어나라니까?"

해원은 자리에 앉아 아연한 얼굴로 엄마를 바라보았다.

"혹시…… 이미 알고 있었어?"

"뭘?"

"이모, 식물인간 상태인 거 알고 있었냐고. 왜 안 놀라? 반응이 왜 그래?"

엄마는 전에 없던 차가운 얼굴로 해원을 내려다보다가 다시 자리에 앉았다.

"그럼. 당연히 알고 있었지. 엄마가 그걸 몰랐을까 봐."

마음이 쿵, 하고 내려앉았다.

"왜 숨겼어? 우리한테 왜 말 안 했어?"

"그걸 왜 말해야 하는데? 지원아, 너 그때 힘들어했잖아. 기억 안 나? 네가 밤마다 악몽 꾸고 집 밖으로도 못 나가고 그래서 엄마 마음이 너무 아팠단 말이야. 그런 너한테, 이모가 식물인간이 됐다는 얘기를 어떻게 하니. 뇌 손상이 너무 심해서 깨어날 가망이 없다는데, 그걸 솔직하게 말해? 네가 그걸 감당할 수 있었겠어?"

엄마는 말하는 사이에 어느 정도 여유를 되찾은 것 같았다. 당당해 보이기까지 했다.

"나중에라도 말했어야지. 내가 평생 모른 채 살길 바랐어?"

"너랑 해일이랑 둘 다 전학 가서는 잘 지냈잖아. 엄마는 그때 직장도 잃고 힘들었지만 너희 크는 거 보고 버틴 거야."

잘 지낸 게 아니라 잘 지낸 척했던 것이다. 학교가 끝나면 학원에 갔고 학원이 끝나면 곧장 집으로 갔다. 방 안에서 대부분의 시간을 보냈다.

"그래도, 그래도 책임을 졌어야지. 이모가 그렇게 됐는데."

엄마는 자신이 왜 이런 걸 일일이 해명해야 되는지 모르겠다는 듯 답답한 표정을 지었다.

"따지고 보면 우리한테 법적인 책임 같은 건 없었어. 엄마 직장 동료들이랑 너희 학원 학부모들이 건 구상권 청구 소송도 기각됐고. 아빠는 반대했지만 엄마가 우겨서 시안이네만큼은 목돈 만들어 줬어. 더 이상 뭘 어떻게 하니?"

목돈. 얼마나 큰돈일까? 육 년 동안 잠들어 있는 이모와 그 곁을 지키는 아저씨, 그리고 시안. 세 사람의 삶을 배상할 수 있을 만큼 큰돈일까?

"그게 끝이야?"

"넌 그러면 엄마가 어떻게 했어야 한다고 생각하니? 그래, 엄마가 잘못을 했어. 엄마가 부주의해서 감염이 됐어. 엄마가 무뎌서, 증상이 있어도 대수롭지 않게 생각하고 넘겼어. 열심히 일해야 너희 먹이고 입히고 할 수 있으니까, 조금 아파도 안 쉬고 회사에 갔어. 일이 그렇게 될 줄 엄마가 상상이나 했겠니? 내가 신은 아니잖아. 넌 아직 어려서 모르지만 사람은 다 실수하면서 사는 거야."

그래, 조금씩 기억났다. 엄마는 회사에 가지 않으면 월급을 보장받지 못하는 계약직 노동자였기 때문에 여행 사실을 숨기고 자발적인 격리를 하지 않았다. 그게 시작이었다.

해원은 엄마에게 설득되고 싶었다. 그러니까 엄마는 딸과 아들을 지키기 위해, 어쩔 수 없는 선택이었다고 말하고 있었다.

"왜 계속 우리 핑계를 대는 거야?"

"너, 자꾸 그렇게 못되게 말할 거야? 가족끼리 보듬어 줘도 모자랄 판에, 지금 잘잘못을 따져서 어쩌겠다는 거야."

엄마는 정말 억울하고 서운하다는 표정으로 말했다. 냉랭하던 표정이 사라지고 금방이라도 울음이 터질 것 같은 얼굴이었다. 엄마의 책임을 추궁하려고 말을 꺼낸 건 아니었다. 하지만 대화는 자꾸만 예측하지 못한 방향으로 흘렀다.

"우리가 일부러 그랬니? 일부러 그랬어, 응? 지원아. 우리가 조심성 없었던 거 인정하지. 미안해, 엄마도. 사람들한테 미안해서 한동안 고개도 못 들고 다니겠더라. 너희까지 불안해할까 봐 당당한 척했지만 엄마 그때 잠을 못 자서 매일 수면제 먹고 잤어. 얼마나 힘들었는지 몰라. 그래도 너랑 해일이 보고 다시 당당하게 살아야겠다고 생각했어. 이번에 많이 놀랐겠지만, 네가 미안해하거나 움츠러들 필요 하나도 없어."

엄마가 다른 사람처럼 느껴졌다. 엄마가 너무 당당하고 떳떳해 보여서 해원은 멍해졌다.

지금껏 자신이 엄마에게 말하길 망설였던 이유를 이제야 깨달은 것 같았다. 마음 한편에는 불안이 도사리고 있었다. 엄마가 이럴까 봐, 부끄러운 말로 상황을 회피할까 봐 두려웠다. 하지만 그보다는 엄마를 믿는 마음이 더 컸다. 엄마가 이모에게, 시안의 가족에게 미안해할 줄 알았고 그동안 살펴보지 못한 것에 죄책감을 느끼며 함께 고통을 나눌 거라고 생각했다. 엄마가 큰 충격을 받을까 봐 어떻게 말을 꺼낼지 고민하긴 했어도 결국 알리는 것이

나은 선택이리라 믿었다. 마음을 추스르고 최선을 다해, 과거의 잘못을 뒤늦게나마 수습하기 위한 어떤 조치를 취하리라고 생각했던 것이다. 예를 들어서, 적은 금액이나마 병원비를 보태거나, 자주 왕래하며 간호를 돕거나, 한때 자매처럼 지내던 사람에 대한 예의를 지킬 것이라고.

해원은 엉뚱한 쪽으로 마음이 기울었다. 어쩌면, 어쩌면 그게 정답일지도 모른다는 생각. 시안이 부탁한 일을 수행해서 시안을 자유롭게 하는 일이 진실로 시안을 위한 최선의 길일지도 모른다고 처음으로, 진지하게 고민하게 되었다. 생각하면 할수록 그 이야기에 설득되는 자신을 멈춰 세울 수 없었다.

시안

1.

—친구 집에서 자고 가도 될까?

—그럼. 그래도 되지.

아빠의 메시지를 틈날 때마다 들여다본다. 해원의 집에서 메시지를 보낸 건 충동적인 행동이었다. 아빠가 외박을 허락할 거라고는 생각하지 않았다. 그냥, 그 순간 흉내 내고 싶었던 것 같다. 보통의 고등학생을. 나도 시간에 얽매이지 않고 자유를 누리는 척해 보고 싶었다. 그래서 잠깐의 텀을 두고 도착한 아빠의 답장을 보고는 큰 미련 없이 그 집을 나올 수 있었다. 허락을 받은 걸로도 충분했다.

해원이 집으로 오겠다고 했을 때 나는 어디 한번 와 보라는 마음이었다. 자신이 돕겠다는 목소리가 꽤나 결연하고 진지했다. 나는 해원의 코를 납작하게 해 주고 싶었다. 선의가 얼마나 알량한 것인지, 그 가벼운 의지가 얼마나 빨리 소진되는지 눈으로 확인하고 싶었다.

해원은 수업이 끝나는 시간에 맞춰 우리 학교 앞으로 왔다. 버스를 타고 오는 길에 해원은 자기가 어떤 일을 도울 수 있는지 물었다. 인터넷으로 찾아보고 왔다며 피딩이나 석션은 숙련된 사람이 해야 하더라도 그 밖의 일은 충분히 도울 수 있을 것 같다고 했다.

최선희 선생님 대신 온 간병인이 돌아간 뒤에 해원과 나는 간단히 저녁을 챙겨 먹었다. 석션을 한 뒤에 가래 통을 닦으려고 하자 해원이 자신이 하겠다고 했다. 껄끄러웠지만 내색하지 않고 맡겼다. 해원이 얼굴색 하나 변하지 않고 소변 통을 치웠을 때는 더 힘든 일, 더 견디기 어려운 일을 시켜야겠다는 생각을 했다.

봐라. 나는 이렇게 나를 희생하고 있다. 너는 상상도 못 할 일을 하며 긴 시간을 버텼다. 그렇게 해원이 나를 알아

주기를 바라는지도 몰랐다. 내가 거즈를 감은 막대에 페퍼민트 차를 적셔 엄마의 입 구석구석을 문지르는 모습을 해원은 유심히 관찰했다. 효과가 있을 거라 크게 기대하지도 않으면서 이제는 습관처럼, 의식처럼 하고 있는 일인데 해원은 아주 기발하고 대단하다는 듯 눈을 빛냈다.

해원에게 엄마를 씻기는 것을 도와달라고 했다. 에어컨을 내내 틀어 놓을 수가 없어서 선풍기로만 버텼더니 엄마의 몸에서 시큼한 땀 냄새가 났다. 아침저녁 물수건으로 닦고, 주말에 아빠와 내가 달라붙어 씻겨도 냄새는 깨끗이 가시지 않았다. 해원과 나는 따뜻한 물을 받아 와서 엄마의 좌우에 앉아 때를 밀었다. 해원은 처음엔 좀 헤맸지만 어느샌가 몰입한 듯 최선을 다해 엄마를 씻겼다.

"안 힘들어?"

"힘들어."

해원은 나를 돌아보지도 않은 채로 말했다. 얼굴에 땀이 송골송골 맺혀 있었다.

"너무 힘들어. 팔이 끊어질 것 같아."

"엄살은."

"정말 너무 힘들어. 혼자서, 네가 혼자서 이런 걸 다 했다는 게 믿기지가 않아."

해원이 냄새 때문에 미간을 찌푸리고 있는 줄 알았는데 가만히 보니 울음을 참느라 얼굴을 한껏 찡그리고 있는 듯했다.

"그러니까. 봉사 활동 점수도 안 주는데 말이야. 그치?"

해원이 나 대신 울상을 지어 주니 이상하게 농담이 저절로 나왔다. 엄마의 살결은 얇고 예민해서 비눗물을 묻힌 때수건으로 살살 밀어야 했다. 그렇게 밀어도 빨갛게 살이 부풀어 올랐다.

"알 것 같아."

"뭘?"

"네가 나한테 그런 부탁한 이유."

"하루 만에, 아니 몇 시간 만에 깨달은 거야?"

"이런 걸 매일 했다고 상상해 보니까, 네가 얼마나 힘들지 알 것 같아."

너는 몰라. 뭘 안다고 그렇게 쉽게 얘기해.

때를 벗기고 따뜻한 수건으로 닦고 복숭아 냄새가 나

는 보디로션을 엄마의 온몸에 발랐다. 나는 해원에게 일을 만들어서 시켰다. 내가 피딩을 하는 동안 침대 시트를 빨라고 했고, 기저귀 쓰레기통을 비우고 오라는 심부름도 시켰다. 해원은 묵묵히 끝내고 시키지 않았는데 설거지까지 했다. 좀 가혹한가, 하는 생각이 들었지만 해원과 내가 동시에 움직이니 집이 깨끗해지는 것도 사실이었다.

"이런 걸 365일 해야 한다면, 나는 마음을 다해 할 수 있어."

소파에 앉아 설거지하는 해원의 뒷모습을 보니 불쑥 그런 말이 튀어나왔다.

"내가 참을 수 없는 건 이 365일이 언제까지 이어질지 예측할 수 없다는 사실이야. 20대의 이시안과 30대의 이시안, 40대의 이시안이 이 방 저 방을 오가며 소변 통을 비우는 모습을 내가 상상하고 만다는 거야."

그릇 부딪치는 소리가 잠깐 멈췄다. 물이 흐르는 소리만 들렸고 해원이 잠시 뒤 고개를 끄덕였다. 알아들었다는 듯. 그렇게 한참이나 끄덕였다. 해원이 알아들은 것은, 이해한 것은 무엇일까.

2.

손끝에서 투명하게 터지는 비눗방울. 따뜻한 햇볕. 해원의 정수리에 내려앉은 벚꽃잎. 이마와 목덜미에 송골송골 맺힌 땀방울을 말리는 선선한 바람.

시안아. 이리 와 봐. 내가 뭘 발견했는지 봐. 빨리!

나는 그 낭랑한 목소리가 들려오는 방향으로 뛰다가 넘어졌다.

미안해.

뭐가.

나 때문에 넘어졌잖아. 내가 빨리 오라고 불러서.

그냥 돌부리에 걸려서 넘어진 건데?

그래도 미안해. 너 다 나을 때까지 내가 너 도와줄게.

어떻게?

음, 학교 갈 때 가방 내가 들어 줄게. 계단 올라갈 때나 내려올 때 내가 부축해 줄게.

나는 벌떡 소파에서 일어났다. 어느새 해가 져 밖이 어두웠다. 환기를 시킨다고 열어 놓은 창문으로 바람이 불어와 커튼이 살랑살랑 흔들리고 있었다. 도대체 얼마나 오래 잔 거지.

해원. 해원은?

나는 거실 불을 켜고 해원을 찾았다. 주방에도, 화장실에도 보이지 않았다. 혹시나 해서 현관을 보니 신발은 그대로였다. 돌아보니 방문 틈으로 불빛이 흘러나오고 있었다.

"너 여기서 뭐 해?"

"일어났어?"

"이 시간까지 뭐 하냐고? 사람이 자고 있으면 깨워야지. 피딩할 시간도 지났는데."

"어? 그냥. 네가 너무 피곤해 보여서 안 깨운 건데."

해원은 엄마 곁에 의자를 붙이고 가까이 앉아 있었다. 엄마 손을 잡고 있다가 내가 들어오니 슬며시 손을 놓고 일어났다. 내가 엄마에게로 다가가 소변 통과 콧줄을 확인하자 뒤로 물러났다. 해원의 얼굴을 살피니 약간 주눅 들어 보였다. 왜 해원에게 신경질을 낸 거지.

"두 시간 정도밖에 안 지났어. 소변 통도 내가 확인했고, 무슨 일 있을까 봐 계속 이모 옆에 있었어."

왜긴. 쪽팔리니까! 해원에게 온갖 생색을 내놓고 정신 없이 자는 모습을 보였다는 사실이 민망하고, 몸이 개운하고 상쾌하다는 게 부끄러웠다. 학교 수업 시간에 꾸벅꾸벅 조는 것 말고 이렇게 몸을 편히 누이고 깊은 낮잠을 잔 게 얼마 만인지 기억조차 나지 않았다.

"미안. 나 이제 갈게."

주섬주섬 짐을 챙겨 집을 나서는 해원을 배웅하지도 못했다. 나는 엄마 배에 얼굴을 파묻었다.

"엄마. 엄마."

나는 그렇게 한참 동안 엄마를 불렀다.

3.

해원이 할까? 설마. 누가 진짜로 그렇게 바보 같은 짓을 해서 자기 삶을 망가뜨릴까. 하지만 요즘의 해원은 처음 내가 말을 꺼냈을 때와는 생각이 조금 달라진 것 같았다. 그 기계를 끄면 정말 후회하지 않을 자신이 있는지, 이게 최선이라고 생각하는지, 그런 질문을 가끔 넌지시 건넸다.

무엇 때문에 생각이 바뀌었을까. 자신의 삶을 지키고 싶었겠지. 지금의 삶을 지키기 위해 자신이 망가지는 것을 정말 택할까? 해원이라면 그럴 수 있을 것도 같았다.

주변 사람들로부터 외면당하고 싶지 않겠지. 새로운 친구들과 남자 친구에게 추궁당할까 봐 겁이 나겠지. 또 신촌에 있는 대학도 가야 하고, 찜해 둔 옷도 다 사야 하고, 좋아하는 가수 콘서트에도 가야 하고……. 또…… 그래, 그 애가 사랑하는 소금이도 산책시켜야 하니까. 일상을 잘 지켜 내고 싶겠지.

해원은 내가 정말 주변에 폭로할지도 모른다고 믿은 걸까. 충동적으로 협박을 하긴 했지만 실행하겠다고 생각한 적은 없었다. 해원에게 그렇게까지 잔인해지고 싶진 않았다. 이미 지금까지 한 행동만으로도 최악의 인간으로 기억되겠지만.

내게 대학을 준비하라고 말하는 사람도, 꿈이 뭐냐고 묻는 사람도 해원뿐이다. 내 미래를 궁금해하는 사람도 해원뿐이고 나와 시간을 보내고 싶어 하는 사람도 해원밖에 없는데, 난 왜 그 애를 괴롭히려고 할까? 시간을 내어 만나도 요즘 해원은 내게 미안해하거나 넋을 놓고 있기 바쁘다. 나에 대한 두려움을 숨기려고 노력하지만 내가 그 경직된 얼굴을 알아채지 못할 리 없다. 해원의 얼굴이 그렇게 계속 굳어 가는 것이 싫다. 나처럼 되는 것도 시간문제겠지.

그렇지만 내 요구를 없었던 일로 하자고 말하지 않은 이유는 마음 한편에 정말로 그것을 원하는 내가 살아 숨쉬기 때문이다. 경직되어 가는 해원이 손가락마저 굳어지기 전에 내 부탁을 들어주면 어떨까. 하지만 엄마가 없어지면 내겐 무엇이 남지. 간병 이후의 삶을 생각하면 홀가분하기보다는 또 다른 막막함이 나를 덮친다.

더는 해원의 호소에 마음이 흔들리지 않았다. 그 정도 눈물에 마음이 흔들릴 거였으면 이런 말도 안 되는 요구는 하지도 않았겠지. 내가 음흉하고 겉과 속이 다른 사람이라는 사실은 나도 잘 안다. 하지만 그렇지 않은 사람이 더 드물 것이다.

4.

오늘은 혼자 집 청소를 했다. 빨래나 설거지는 미루지 않고 그때그때 하고 분리수거도 금요일마다 꼬박꼬박 하기 때문에 눈에 보이는 쓰레기는 없다고 생각했지만 오늘은 왠지 집 구석구석에 쌓인 먼지들이 새삼스럽게 피어오르는 것 같았다.

곳곳을 쓸고 닦았다. 버려도 되는 것과 버리면 안 되는 것을 분류했다. 가끔씩 큰 소리로 엄마에게 물었다.

"엄마! 이거 버릴까, 말까? 버리라고? 알았어. 이건 버리지 마? 오케이."

처음에 이사를 했을 때는 이 집에 정을 붙이지 못할 것 같았다. 외벽 페인트칠이 다 벗겨져 동 숫자도 흐릿하게 보였고, 엘리베이터는 과연 제대로 작동되는 게 맞을까 걱정될 만큼 낡아 있었으니까. 하지만 시간이 지나자 어느새 이곳에도 적응이 됐다. 장점을 물으면 답할 수도 있었다. 문을 열면 아파트 뒤로 울창한 숲이 보였다. 도로에서 떨어져 있어 차 소리에 시달리지 않아도 된다. 윗집과

옆집에 행동이 느리고 조용한 할머니, 할아버지가 살고 있어 층간 소음과는 거리가 먼 삶이라는 점도 괜찮았다. 수압이 세다는 것도 장점이었다.

나는 병원 근처의 적당한 집을 구하느라 기운을 다 쓴 아빠를 위해 장점을 이 정도로 찾아냈다. 내가 집의 장점을 말하자 아빠는 그러니, 하고 말았지만 안도하는 게 느껴졌다. 새집이란 익숙해질 수 있는 종류의 것이다.

예전 집에서 버텨 보려고 아빠가 꽤 노력했다는 건 나도 안다. 그 집을 사려고 엄마가 얼마나 애썼는지 아빠는 여러 번 얘기했다. 적금을 여러 개 들고, 검소한 생활을 하며 일을 쉬지 않고, 외할아버지가 물려주신 시골의 땅을 처분하고, 그것도 모자라 대출을 받아서 산 아파트라고 했다. 아빠는 그 집을 지켜 내지 못해 침울해했지만 선택의 여지가 없었다. 엄마가 깨어난다면 아빠의 노력을 내가 증언해 줄 것이다.

이사를 하면서 우리는 어쩔 수 없이 엄마의 물건들을 꽤 많이 버렸다. 엄마의 옷, 신발, 엄마가 결혼할 때 산 옷장과 책상. 그래도 엄마의 화장대와 CD, 졸업 앨범, 책들은 챙겼다. 한쪽 바퀴가 망가진 여행용 가방을 두고 아빠와 나는 다퉜다. 나는 자리를 많이 차지하는 그 가방을 버리자고 했고 아빠는 엄마가 20대 내내 들고 다니던 가방이기 때문에 가져가야 한다고 말했다. 결국 우리는 그걸 버리고 왔다. 엄마는 우리를 이해해 줄까?

"어쩔 수 없었어, 엄마."

엄마는 어디를 떠돌고 있을까. 할 수만 있다면 몸을 벗어 잠시 개켜 놓고 엄마의 영혼 옆에 나란히 누워 보고 싶다.

"엄마. 거기 있어?"

있을 리가. 나는 이 고요가 너무 익숙하다. 고요도 익숙해질 수 있는 것이다. 그러나 좀처럼 적응되지 않는 건 엄마의 빈자리다.

병원에서 격리 병실 유리창을 사이에 두고 엄마와 나눈 마지막 대화를 나는 잊을 수 없다.

"퇴원하고 집 가서 화분에 물 줘. 많이 주지 말고 흙이 촉촉하게 젖을 정도로만 줘야 돼. 한 달에 한 번만 주면 되니까 다음 달에는 엄마가 줄게. 학습지 밀린 거도 잊지 말고 꼭 해. 냉장고에 있는 우유 상했을 거니까 먹으면 안

돼, 알겠지?"

우리는 재난을 준비할 시간이 없었다. 사실 그 누구도 만반의 준비를 하고 간병을 시작하는 경우는 없다. 그게 마지막 대화라는 걸 알았다면 엄마는 내게 무슨 말을 건넸을까? 엄마는, 우리는, 분명 사랑을 말했을 것이다.

하지만 이제 엄마의 가장 깊은 곳에서도 더 이상 엄마를 발견할 수 없고 엄마에게서 배어 나오는 것은 땀과 악취뿐이다. 나는 어둠 속에서 고름 같은 기억을 쥐어 짜낸다. 나는 언제까지 지속할 수 있을까. 썩지 않도록 엄마를 돌려 눕히는 일을. 엄마의 작고 마른 발이 이불 밖으로 삐져나와 있었다. 그 얇은 발목을 무언가가 움켜쥔 채 아래로, 아래로 끌어당기고 있다는 상상을 하면 공포에 빠진다. 오늘도 무겁고 끈끈한 그림자가 내 발밑에 달라붙어 있었다.

—밥 먹었어?

해원에게서 온 메시지를 난 보고만 있었다.

해원

1.

2학기가 시작된 후 첫 모의시험이 있는 날이었다. 모의시험을 치는 날이라 그런지 해원이 맛있는 걸 사 주겠다는데도 학원 친구들은 모두 사양했다. 누구라도 붙잡고 이야기를 하고 싶었다. 연애 얘기나, 선생님 험담이나 입시 스트레스, 대학 얘기, 가족 얘기든 뭐든 상관없을 것 같았다. 해원은 자신의 신경을 다른 곳으로 돌리고 싶었다.

시안의 집에 간 날, 이모에게 말을 걸었다. 시안을 처음 본 날 느꼈던 감정, 아무도 기억하지도, 축하해 주지도 않는 생일날 시안이 찾아온 것, 지방으로 전학 갔을 때 느꼈던 두려움과 외로움, 개명을 한 이유 같은 것들을 조곤조곤 말했다. 혼잣말을 하는 것 같아 처음엔 어색했지만 하다 보니 계속 할 말이 생각났다.

“이모는 기억할지 모르겠지만 옛날에 이모 집에서 치즈가 들어간 빵을 먹은 적이 있어요. 오빠랑 저랑 목이 퉁퉁 붓고 발진도 심해져서 응급실에 갔었죠. 뒤늦게 온 엄마가 이모한테 화내는 걸 봤어요. 엄마가 애들 잘못됐으면 어쩔 뻔했냐고 응급실이 떠나가라 소리를 지르는 걸 보고, 전 눈을 꼭 감고 자는 척했어요.”

해원은 이모에 관한 가장 강렬한 기억을 떠올렸다.

“엄마는 우리가 아무거나 집어 먹고 알레르기 때문에 고생할까 봐 늘 전전긍긍했어요. 다리에 힘이 풀려서 엄마는 응급실 바닥에 주저앉았어요. 제 볼을 쓰다듬는 엄마의 손길을 느끼고도 눈을 뜨지 않았어요. 우리 맘대로 냉장고 안에 있던 걸 꺼내 먹었다고 이모가 엄마한테 이를까 봐 무서웠거든요. 그때 이모 목소리가 들렸어요. 엄마에게 미안하다고 하더라고요. 신경을 못 썼다고, 자기 탓이라고.”

그 후로 시안의 집에 못 가면 어떡하나 걱정했지만 이

모는 아무 일도 없었다는 듯 해원과 해일을 대했다. 그게 고마웠다.

해원은 이모에게 말을 하다가 이따금 방문을 열고 시안의 자는 모습을 봤다. 고단했는지 코를 골기까지 했다.

—지원, 어디니. 특강 안 들어갔다며. 너 시안이 만나러 간 거야? 얼른 집에 들어와. 얘기 좀 해.

엄마의 문자에 답장을 하지 않고 휴대폰을 껐다.

'시안이랑 계속 만날 거니?'

엄마의 말이 계속 머릿속을 맴돌았다. 엄마에게 털어놓은 뒤에도 문제는 전혀 해결되지 않았다. 보상을 충분히 했다는 말을 듣고도 후련하기는커녕 그렇게 믿는 엄마 때문에 마음이 조급해졌다.

해원의 엄마는 늘 자신이 '배신당했다'고 표현했다. 해원은 그게 적당하고 합당한 표현이 맞는지 의아했지만 엄마가 상처받지 않으려고 얼마나 노력하는지 알기 때문에 아무런 말도 할 수 없었다.

이사를 한 뒤에 해원의 가족은 그 일을 절대로 입 밖에 꺼내지 않았다. 해원은 엄마가 왜 예민하게 반응하는지는 알 것 같았다. 엄마는 소중한 것을 어떻게든 지키려는 사람이었다. 억척스러워 보여도 아예 수치심이라든가 양심이 뭔지 모르는 사람은 아니었다. 애써 외면하고 있는 거였다. 해원의 가족은 그동안 아예 그런 일이 없었던 것처럼 살았다. 해원과 해일은 어렸지만 그 일에 관해서만큼은 누구보다 철두철미해서 절대 실수를 하지 않았다. 해일은 자주 지원이 아닌 해원이라고 부르곤 했지만 그래도 그 이름이 안 좋은 기억을 불러온다는 것은 이해했다. 가족 모두 조심조심 살아왔지만 그 일을 아예 없었던 것으로 만들 순 없었다.

2.

현수에게 메시지를 보내 볼까 하다가 응답도 없는 그 애에게 매달리는 게 문득 의미 없고 귀찮게 느껴져 자신에게 깜짝 놀랐다. 해원은 휴대폰을 만지작거리며 망설이다가 시안에게 전화를 걸었다. 연결음이 오래 이어진 후, 시안이 전화를 받았다.

"시안. 왜 내 메시지 안 봐?"

"맨날 밥 먹었냐고만 물어보잖아. 할 말이 그것밖에 없어?"

"궁금하니까 그렇지."

"먹었어. 넌?"

"난 아직."

"빨리 먹어."

"같이 먹을 애들도 없고, 시간도 없어서 못 먹고 수업 들어가야 할 것 같아."

"너 현수랑 헤어졌어? 전화할 때마다 현수 얘기하더니 요즘은 걔 얘기 안 하네."

해원은 현수도, 학원도, 삼진 아웃에 대한 두려움도 잊고 있었다. 해원의 머릿속에는 오직 시안의 부탁을 들어줄 것이냐 말 것이냐에 대한 깊은 고민뿐이었다.

"그런 것 같아."

"진짜? 너 걔 많이 좋아했잖아."

"응. 좋아했는데."

자신이 현수를 얼마나 좋아했는지, 현수 때문에 얼마나

전전긍긍하고 고민했는지, 그런 기억들도 희미해진 것 같았다.

"후회하지 말고 전화해 봐."

시안이 말을 하다가 갑자기 기침을 했다. 기침은 꽤 오래 지속됐다. 그러고 보니 목소리가 약간 쉰 듯했다.

"너 아파?"

"아니."

"감기 같은데? 목소리가 좀 이상해. 기침도 계속하고."

"괜찮다고. 감기 아니야. 좀 안 좋을 거 같으면 약 먹으면 돼. 집에 약 있어. 아프면 나만 손해야."

아프면 위로받아야 하는 거지, 보살핌을 받아야 하고. 그 말이 해원의 입 안에서 맴돌았다. 하지만 누가 그렇게 해 주지? 손가락 하나 까딱하지 않아도 누군가가 나를 돌봐 줄 거라는 확신이 있어야 편히 아플 수 있다는 것을 해원은 깨달았다.

"쉬어. 또 전화할게."

수업 시간 내내 해원은 초조하고 걱정스러운 마음에 벽에 걸린 시계만 쳐다봤다. 수능을 육십 일 앞두고 학생들

기강 잡기에 한창인 선생님은 앞자리에 앉아서 칠판을 보지도 않고 부산스럽게 움직이는 해원에게 다가가 책상을 두드렸다.

"너 집중 안 하니? 오늘 그만할까? 아니, 아예 그만둘까? 어머니께 오늘 전화 드려? 지원아, 너 정신이 어디 가 있는 거야. 아웃 한 번만 더 받으면 학원 나가야 되는 거 알지? 입시 준비 혼자 할래?"

해원은 여덟 명 남짓 되는 아이들의 불편한 시선이 모두 자신의 뒤통수에 꽂혀 있는 것이 느껴졌다. 머리 위로 쏟아지는 말들에 어떻게 대응해야 하는지 해원은 이미 알고 있었다. 죄송합니다, 더 열심히 하겠습니다, 문제 풀어 오겠습니다, 그리고 다시 죄송합니다. 적막한 강의실에 공기 청정기 돌아가는 소리만 들렸다. 해원은 그 소리에 집중했다.

공기 청정기 돌아가는 소리와 산소통이 가동되는 소리는 약간 비슷했다. 바깥은 습하고 더운데 실내 공기가 이상할 정도로 가볍고 산뜻하다는 생각이 들었다. 이 학원은 조명부터 책상과 의자, 벽지, 백색 소음까지 전부 학생들의 집중력 향상을 위해 설계되어 있다고 했다. 시안의 집과는 다른 차원의 공간 같았다.

이곳은 가상의 공간이 아닐까. 이 사람들은 모두 연극을 하는 게 아닐까. 그렇지 않고서야 이렇게 단조롭고 평온해 보일 리가.

묘하게도 자신이 살아왔던 이 공간보다 시안이 사는 공간이 더 생생하다는 느낌을 지울 수 없었다. 시안의 집 내부의 후덥지근한 공기, 시안의 이마에서 흐르는 땀방울, 이모의 몸에서 나는 희미한 땀 냄새와 소변 통의 지린내, 라디오에서 흐르는 음악들. 모든 것이 또렷이 기억났다.

해원은 엉뚱한 말을 내뱉었다.

"그럴까 봐요."

예상에서 벗어난 대답에 선생님은 당황한 것 같았다. 해원은 그동안 말대꾸 한 번 한 적 없는 온순한 학생이었으니까. 옆에 앉아 있던 친구가 해원을 팔꿈치로 쿡 찔렀다. 소수로 구성된 특강반 분위기가 완전히 가라앉았다.

"뭐? 그럴까 봐요?"

"집중이 안 돼요. 재미가 없어요."

해원이 펜을 내려놓자 선생님은 뭐 하는 짓이야, 하며 목소리를 높이더니 갑자기 깊은 한숨을 내쉰 후 몸을 숙여 해원과 눈을 맞췄다.

"집중이 안 될 수 있지. 너 심란해서 그런 거지? 쌤이 왜 모르겠어. 딱 이맘때, 너 같은 애들 많이 봤어. 이제 발등에 불 떨어졌다는 생각이 들지? 현실이 눈에 보이지? 그렇다고 지금 넋 놓고 있으면 10월, 11월에는 손써 볼 틈도 없이 무너지는 거야. 너 입시 망하기 싫지? 인서울 하고 싶지? 그러면 지금 쌤 말 들어. 정신 차리고, 주말에 보충해 줄 테니까 부르면 무조건 와. 알았어?"

해원은 고개를 숙이고 묵묵히 선생님의 이야기를 들었다. 선생님이 많이 물러서 준 걸 느낄 수 있었다. 하지만 아무런 반응이 없자 해원의 어깨를 토닥이며 말했다.

"힘들었으면 차라리 터놓고 말을 하지. 네가 맨날 답답하게 입을 꾹 다물고 있으니까 쌤이 알 수가 없잖아. 얘들아, 너희도 힘들면 선생님한테 와서 솔직하게 어떤 점이 힘들다 귀띔해 줘. 그러면 진도 조절해서 어려운 부분 좀 더 봐줄 거 아니야. 쌤 그렇게 꽉 막힌 사람 아니잖아. 얘기하면 다 이해해 줄 수 있는 걸 왜 혼자 속으로 끙끙 앓고 그래."

선생님은 잠깐 쉬었다 하자고 말했지만 해원은 화장실에 가는 척하며 몰래 가방을 챙겨 나왔다.

밖으로 나오니 비가 내리고 있었다. 해원은 엄마에게 전화를 걸었다. 엄마는 전화만 기다리고 있던 사람처럼 금방 받았다.

"엄마, 비 와."

"벌써 끝난 거야? 오늘은 왜 이렇게 일찍 끝났어? 조금만 기다려. 데리러 갈게. 학원 안에 있어."

자꾸만 시안의 기침 소리가 머리를 울렸다. 시안은 자기가 아프다는 사실도 모르는 것 같았다. 그런 몸으로 이모를 지키겠지. 해원은 그 애를 생각하자 마음이 시렸다. 시안이 겪는 고통에 동화된 것처럼 숨쉬기가 힘들었다.

해원은 무작정 빗속으로 뛰어들었다. 엄마가 자신을 찾아다닐 걸 알고 있었지만 어디 한번 찾아보라는 마음으로 계속 걸었다. 엄마는 딸을 찾아서 모든 학원 강의실 문을 열고 다니겠지. 강의실에 남아 있는 아이들에게 "지원이 못 봤니? 종합반 김지원 모르니? 나 지원이 엄만데." 하면서 말을 걸 것이다. 그건 해원이 정말 싫어하는 행동인데 또 잊어버리고 반복할 것이다. 한참 헤매다가 전화를 받지 않는 딸을 생각하며 덜컥 불안한 마음이 들 거고 공포에 휩싸여 동네를 뛰어다니겠지.

해원은 엄마에게 작은 고통이라도 주고 싶었다.

3.

해원은 문이 느리게 열리고 닫히는 엘리베이터를 타고 8층으로 올라갔다. 시안의 집 문 앞에 서서 심호흡을 했다. 초인종을 누르고 기다리자 안에서 누구세요, 하는 소리가 들렸다.

"나야."

문이 열렸다.

"뭐야?"

진심으로 깜짝 놀랐는지 시안이 휘둥그레진 눈으로 해원을 바라보았다.

"웬일이야? 무슨 일 있어? 옷은 왜 그렇게 젖었어? 밖에 비 와?"

해원이 멋쩍게 손에 들린 봉지를 내밀자 시안이 받아 들고 열어 보았다. 그러더니 피식 웃었다. 웃는 얼굴이 파리했다.

"들어와."

"아니, 그거 주려고 온 거야. 아픈데 괜히……."

"별로 안 아파. 그리고 죽 양도 너무 많고. 아까 저녁 안 먹었다며. 같이 먹어."

해원은 머뭇거리다가 시안을 따라 들어갔다. 자고 있었던 모양인지 집 안이 어두컴컴했다. 시안의 머리도 한쪽으로 눌려 있고 얼굴도 조금 부어 있었다.

"아빠도 일 가서 올 사람 없는데, 누군가 했어. 깜짝 놀랐네."

그렇게 말하는 시안의 목소리는 아까보다 더 쉬어 있었다. 틀림없이 목이 많이 부었을 것이다.

"감기 아니라더니. 너 괜찮아?"

"감기 맞나 봐."

시안은 죽을 데워서 그릇에 나눠 담은 후 반찬 두세 가지를 냉장고에서 꺼냈다. 해원은 방을 물끄러미 바라보았다. 이모가 있는 방을. 그리고 일어나 문 앞에 섰다. 손잡이에 손을 올리며 시안을 불렀다.

"잠깐 인사할게, 이모한테."

이모가 있다는 걸 알면서도 인사를 안 한다면 예의가 아닌 것 같았다. 시안은 잠깐 생각하는 듯하더니 선선히 고개를 끄덕였다. 심호흡을 하고 조심스럽게 문을 열고 들어갔다.

환자는 스스로 청결해질 수 없다. 스스로 단정해질 수도. 혼자서는 자신의 손 하나 가지런하게 놓아둘 수 없다. 그 정도는 해원도 알았다. 가지런히 놓여 있는 손, 반질반질 윤이 나는 손톱, 좋은 향이 나는 이불, 물이 가득 찬 가습기, 푸른색 커튼, 이모가 눈을 뜨면 보이는 자리에 걸려 있는 사진, 브람스 음악이 흘러나오는 라디오까지. 시안이 얼마나 이모를 잘 돌보고 있는지 느껴졌다.

해원은 이모에게 다가갔다. 이모의 손가락을 만져 보았다. 신기하게도 이모의 손을 만지니까 잊고 있던 이모에 대한 기억이 떠올랐다. 이모는 해원과 해일에게 다정했다. 사실 누구에게나 그랬다.

시안이 따라 들어와 이모의 얼굴을 쓸었다.

"엄마. 해원이야. 또 왔네."

시안이 이모의 발끝을 갑자기 손끝으로 꼬집어서 해원은 화들짝 놀랐다. 이모의 몸이 잠깐 움찔거렸다.

"뭐야? 이모 방금 움직이신 거 맞지?"

"반사 반응이야. 감각은 어느 정도 남아 있다는 거지. 가끔 소리도 내. 아무 의미 없지만."

시안은 석션으로 가래를 빼냈다. 그리고 엄마 좀 답답했겠네, 하며 이모의 머리를 쓰다듬었다. 해원은 너무나 익숙하고 안정적으로 이모를 간호하는 시안을 가만히 바라보았다. 말이 통하지 않는데도 이모의 필요를 알고 채워 주기까지 시안이 어떤 과정을 거쳤을지 도무지 가늠할 수 없었다. 왜 그렇게 대책이 없느냐고 말한 게 미안해졌다. 성적이 뭐라고, 대학이 뭐라고.

해원과 시안은 마주 보고 앉아서 죽을 먹었다. 유난히 기운이 없어 보여서 해원은 시안의 반응을 이끌어 내려고 아무 말이나 했다. 학원 수업에서 처음으로 선생님에게 말대꾸 비슷한 것을 해 보았다는 얘기, 비가 오니까 초등학교 때 비 맞으면서 피구 했던 일이 생각난다는 얘기, 소금이는 비 오는 날 산책하는 것을 좋아한다는 얘기.

"너 나랑 있을 때 조용히 있으면 어색해?"

"응?"

"그래 보여서."

"그냥. 너 심심했을까 봐 말해 준 건데."

시안이 그러냐며 다시 죽을 먹었다. 시안의 일상은 단순했다. 해원이 말하지 않으면 시안과 나눌 이야기들이 별로 없었다. 시안이 자꾸만 옛날 일을 꺼내는 것도, 시안의 일상에 새로운 일이 거의 없기 때문이라는 생각이 들었다.

해원은 시안을 만난 후로 모든 게 이전 같지 않았다. 현수와의 관계, 입시, 일상까지 모두 꼬였다는 생각이 들었다. 시안에게는 애초부터 없던 것들. 시안의 삶은 단순하고 단출했다. 엄마와 간병. 그 외에 다른 건 염두에 두지 않는 것 같았다.

"나…… 엄마한테 얘기했어."

"뭘?"

시안이 깜짝 놀라며 눈을 크게 떴다.

"그냥, 너 다시 만난 얘기. 그리고 이모 상태……."

"그래서?"

"엄마가 보상금을 줬었대."

시안은 약간 충격을 받은 표정이었다.

"너도 몰랐지? 나도 몰랐어. 그러니까, 그때…… 엄마가 이모 상태를 알고 병원비를 보냈나 봐."

"그럼 우리 엄마 상태를 알고 계셨단 거네? 근데 너랑 오빠는 몰랐고."

시안은 새롭게 알게 된 사실들을 소화하기 위해 고개를 주억거리더니 말했다.

"그래서? 그걸 알게 되니까 마음이 좀 가벼워져?"

"아니, 그런 건 아니야. 그냥 너도 나처럼 아무것도 못 들은 것 같아서 얘기하는 거야. 어른들은 자세한 거 우리한테 말 안 하니까."

"그러네. 어른들은 자꾸 뭘 숨기네."

해원은 시안의 눈치를 보며 조심스럽게 말했다.

"앞으로도 내가 너를 도와주면 어떨까. 저번처럼 말이야. 매일은 힘들겠지만 이틀에 한 번, 아니면 사흘에 한 번씩."

"네가 언제까지 할 수 있을 것 같은데? 하루 해 보니까 뭐, 할 만했나 보지? 계약서 쓸 거 아니면 함부로 말하지 마."

"난 진심으로 말하는 거야. 나도 뭔가를 포기해야 한다는 거 알아. 요즘 내내 그 생각에만 매달렸어."

시안이 죽을 먹다가 실소를 했다.

"너 이러는 거 진짜 웃긴 거 알지? 지금까지 모른 척하고 잘 살았잖아."

"그냥 내가 조금 우스워지고 널 도우면 안 되니? 나는 내가 마음 가는 대로 하고 있어. 내 마음 좀 받아 주면 안 돼? 아무리 머리를 굴려 봐도 내 선에서 도울 수 있는 방법은 이 정도가 전부인 것 같아서 그래."

"그래서 네가 간병을 하겠다고? 언제까지 해 줄 수 있는데? 네가 한 달이라도 버틸 수 있을 것 같아? 남는 시간 말고 버리는 시간 말고, 네가 시간을 내서 언제까지 그럴 수 있을 것 같은데?"

시안이 구체적인 기간을 묻자, 해원은 얼버무릴 수밖에 없었다. 꽤나 큰 결심을 하고 이 집의 문을 두드렸다고 생각했는데 대책 없이 충동적으로 말을 꺼냈다는 걸 부인할 수 없었다. 마음을 풀어 보려고 온 건데, 말을 할수록 시안을 자극하는 말만 뱉고 있는 것 같아 해원도 스스로가 답답했다. 시안의 격앙된 말투에 해원은 움츠러들었지만 그래도 최선을 다해 말을 이어 갔다.

"자신 없지만, 시도는 해 볼 수 있잖아……."

"누가 그런 거 바란대? 그냥 산소통 밸브만 잠가 달라고. 어차피 자가 호흡 힘들어서 한 시간 안에 다 끝날 거야. 너는 밸브만 잠그고 바로 가. 나는…… 그냥 몰랐다고 할 거야. 밸브를 열어 둔 줄 착각했다고 말할 거야."

"왜 그렇게 쉽게 얘기하는 거야?"

"쉬워 보여? 나한텐 죽기보다 어려운 일이니까 지금까지 이러고 살았지. 내 손으로 직접 할 수는 없잖아. 나는 딸인데."

"나한테도 쉬운 일 아니야. 남이라고 그게 쉬울 리가 없잖아."

서늘한 시안의 눈빛이 해원을 파고들었다.

"너는 말로는 미안하다면서 날 위해 결국 아무것도 할 생각이 없지."

"너랑 같이 있으려고 왔어."

"됐다고. 불편하니까 나가."

해원은 고집스럽게 자리를 지키고 앉아 있었다.

"나가라니까. 안 나가? 그럼 내가 나갈게. 시체랑 같이 밤새워 봐라."

시안은 벌떡 일어나더니 해원이 말릴 새도 없이 슬리퍼를 끌고 집 밖으로 나갔다. 당황한 해원은 주춤거리다가 금방 따라 나갔지만 이미 시안이 탄 엘리베이터가 밑으로 내려가고 있었다. 비가 와서 반팔만 입고 나가면 쌀쌀할 텐데 해원은 조바심이 났다.

해원은 시안을 찾아서 아파트 단지와 근처 편의점까지 찾아다녔다. 하지만 어디에도 시안은 보이지 않았다. 더 멀리까지 나가 보려고 하다가 집에 혼자 있을 이모가 떠올라 불안했다.

해원은 여전히 어둡고 느린 엘리베이터를 타고 시안의 집으로 돌아왔다. 혹시 몰라 도어 스토퍼를 세워 둔 덕분에 집에 들어갈 수 있었다. 뒤늦게 가방 안에 있던 휴대폰을 꺼내 시안에게 전화를 했지만 진동 소리가 주방 식탁 위에서 들리는 것을 듣고 아연해졌다. 휴대폰까지 두고 나간 것이었다. 어쩔 줄 몰라 거실을 서성거리다가 이모가 누워 있는 방문을 열었다. 아까만 해도 눈을 감고 있던 이모가 눈을 뜨고 있었다.

"이모."

당연하게도 아무 반응을 하지 않았다. 해원은 의자를 끌어와 이모 곁에 앉았다. 별일은 없겠지만 곁을 떠날 수 없는 마음이라는 게 무엇인지, 어떤 불안함이 그동안 시안을 짓눌러 왔는지 해원은 조금이나마 이해할 수 있을 것 같았다.

"어떡해요. 시안이가 화가 나서 나가 버렸어요."

이대로 옆을 지키고만 있으면 되는지, 그걸로 충분한 건지 헷갈렸다.

'시체랑 같이 밤새워 봐라.'

시안이 차갑게 내뱉은 말이 마음에 박혔다. 이모가 듣진 못했겠지. 하지만 들었으면 어쩌지. 해원은 그런 게 걱정스러웠다. 어딘가에서 주워들은 이야기, 이십 년 만에 식물인간 상태에서 깨어난 사람이 가족들이 한 말을 전부 듣고 있었다는, 그런 일화들이 기억났다. 해원이 아는 식물인간에 대한 정보는 그 정도가 전부였다.

"저 때문이에요. 이모 때문이 아니에요."

이모가 눈도 깜빡하지 않고 계속 문 쪽으로만 시선을 두는 모습이, 시안을 염려하는 것 같아 해원은 어찌할 바를 몰랐다.

"너무 죄송해요. 시안이를 괴롭히려고 온 건 아니에요. 결과적으로 계속 괴롭히고 있지만……. 그리고 시안이가 진심으로 저한테 그런 부탁을 한 건 아닐 거예요. 저도 알아요."

진심일 수도 있을 것이다. 아니, 아마 진심이겠지. 시안은 그 말을 할 때 굉장히 진지하고 절박해 보였다. 그냥 하는 말이 아닌 것 같았다.

빗속을 뚫고 올 때만 해도 시안의 짐을 나눠 지겠다는 꽤 결연한 마음이 있었는데, 해원은 막상 이모를 보니 끝도 없이 무기력해졌다. 이모를 위해 할 수 있는 것이 전혀 없었다.

해원은 산소통 밸브를 바라보았다. 정말 이모는 저 기계에 목숨을 맡기고 있는 걸까. 밸브를 돌려서 잠그면 모든 것이 끝나는 걸까. 그건 음료수 뚜껑을 따는 것과 다름없이 간단하고 명료했고, 해원은 순간 한기가 느껴져 시선을 거뒀다.

그때 현관문이 열리는 소리가 들렸다. 해원은 불에 덴 듯 일어났다. 시안이 돌아온 것 같았다. 시간을 보니 집을 나간 지 한 시간이 지나 있었다. 이모를 두고 멀리 갈 수 없었을 거란 생각에 코끝이 약간 시큰했지만 불안함이 가셔서 저절로 안도의 한숨이 나왔다.

"시안."

남자 목소리였다. 해원은 온몸에 소름이 돋아 심장이 그대로 멎는 것만 같았다.

"화장실에 있어?"

안방 옆에 있는 화장실 문을 열어 확인하는 소리가 들렸다. 누군지 알 것 같았다. 아저씨였다. 시안의 아빠. 야간 근무를 한다고 들은 것 같은데 왜 이 시간에 집에 왔는지 알 수가 없었다. 해원은 방을 두리번거렸다. 이대로 마주치면 뭐라고 설명해야 할지, 이 순간을 어떻게 모면할지 가늠할 수가 없었다. 숨을 곳을 찾아야 했다. 검은 손이 자신을 어디론가 떠미는 것처럼 저절로 몸이 움직여졌다.

4.

벌컥. 문을 열고 들어오는 소리가 들렸다. 해원은 비명이 터지려는 것을 꾹 참았다. 아주 천천히 호흡을 골랐다.

"어디 간 거야. 휴대폰도 두고."

해원의 뺨에 차갑고 딱딱한 감각이 느껴졌다. 가죽점퍼였다. 이성적으로 판단할 겨를도 없이 방 한편에 있던 옷장으로 숨어들었다. 다른 생각을 할 틈이 없을 만큼 긴박한 상황이었다.

"여보. 시안이 어디 갔어? 어디 간 거야, 우리만 두고."

자세히 들으니 혀가 풀린 것이, 술에 취한 듯했다. 해원은 조심스럽게 주머니에서 휴대폰을 꺼냈다. 혹시라도 불빛이 새어 나갈까 봐 밝기를 줄이고 몸을 한껏 웅크렸다. 누구에게 도움을 청해야 할지 머리를 쥐어뜯으며 생각해 봐도 떠오르는 사람이 없었다. 시안에게 문자를 하려다가 휴대폰을 두고 갔다는 게 생각났다. 엄마에게서 열 통도 넘는 부재중 전화가 와 있었지만 엄마에게 알리는 것은 현명하지 않은 선택 같았다.

"요즘 시안이, 애가 좀 달라진 것 같아. 오래 버텼지."

해원은 연락처를 계속 뒤졌다. 도대체 누구에게 말해야 할까.

"그러니까 늦게 돌아와도 화내지 않을 거야."

아저씨가 밤새 이모 곁에 있으면 어떡하지? 언제까지 이렇게 버틸 수 있을까. 해원은 눈앞이 캄캄해졌다. 차라리 숨지 말고 나가서 시안이 친구라고 하는 편이 나았을지도 몰랐다.

"사실 지난주에 회사에서 잘렸어. 조는 걸 작업반장한테 또 들켰거든. 일을 구해 보려는데도 쉽지 않네. 시안이

한텐 당분간 비밀로 할 거야."

심장이 쿵쿵 뛰었다. 해원은 귀를 막고 싶었다. 원치 않게 너무 많은 것을 알게 되었다.

"얼마나 버틸 수 있을까."

아저씨가 중얼거렸다. 정신을 바짝 차려야 했다. 잠깐이라도 자리를 비우는 순간이 분명 올 것이다. 아저씨가 화장실에 가거나 옆방에 들어갈 때, 그 순간을 노려야 했다. 문을 열고 튀어 나가는 것이다. 엘리베이터는 느리니 비상계단으로. 해원은 시간을 확인했다. 버스 막차 시간이 지나 있었다. 엄마는, 엄마는 집에 갔을까?

"우리 중에 당신이 제일 오래 버틸지도 모르겠다."

엄마를 걱정시킨 게 미안했다. 엄마는 얼마나 당황했을까. 얼마나 놀랐을까. 엄마가 자신을 얼마나 찾아 헤맸지 보지 않아도 상상할 수 있었다. 이런 궁지에 몰린 게 어쩌면 자업자득이라는 생각이 들었다.

잠시 시간이 흘렀다. 아무 소리도 들리지 않아 아저씨도 잠이 들었다고 생각했을 때, 나지막한 흐느낌이 들렸다. 고요하고 잠잠한 울음이었다.

"그만하는 게 어때."

가만히 귀를 기울이고 있다가 해원은 이상한 기분이 들어 옷장 문틈으로 밖을 보았다. 해원은 비명이 새어 나가지 못하게 입을 틀어막았다. 어둠 속에서 검은 손이 튀어나와 자신의 목을 비틀고 있는 것만 같은 두려움에 휩싸였다.

아저씨가 이모의 산소통 밸브에 손을 올리고 있었다.

해원은 시안이 했던 말을 기억해 냈다. 이모는 산소 호흡기를 떼도 잠깐은 자가 호흡이 가능하지만 폐 기능이 손상되어 오랜 시간은 버티지 못한다고 했다. 그 잠깐이 어느 정도지? 시안도 정확하게는 알지 못하는 것 같았다. 시안이 생각하는 삼십 분 정도가 맞을까? 아저씨가 밸브를 잠가서 산소를 차단하면 어떻게 되는 거지.

해원은 숨통이 죄어 오는 것 같았다. 단순한 느낌을 넘어 실제적인 통증이 느껴졌다. 아저씨는 마음을 고쳐먹은 건지 밸브에서 손을 떼고 돌아섰다가 큰 신음을 토해 내더니 다시 이모를 내려다보았다. 이모는 눈을 감고 있었다. 다행히.

생각해. 넋 놓고 있지 말고 생각해. 지금 해야 하는 일. 당장 할 수 있는 일. 해원은 자기 자신에게 사정하듯 말했다.

아저씨는 거칠게 얼굴을 세수하듯 쓸더니 호흡을 골랐다. 그리고 이번에는 망설이지 않고 산소 호흡기 유량 조절 밸브를 잠갔다. 가습 물통에 뽀글거리던 물이 잠잠해졌다. 산소가 차단된 것이었다. 기계가 멈추니 기이할 정도의 적막이 내려앉았다.

해원은 자신은 유령에 불과하다고 스스로에게 최면을 걸었다. 이건 악몽일 뿐이라고 되뇌었다. 나가야 해. 말려야 해. 하지만 마음 한편에서는 격렬하게 도리질 쳤다. 지금 밖으로 나간다면 무슨 일을 당할지 알 수 없어. 목격자니까, 이걸 다 봐 버렸으니까. 모른 척해. 제발 눈을 감아. 눈을 감자 피로감이 해원을 짓눌렀다. 이대로 잠들 수도 있을 것 같았다.

살아가는 동안 내내 이 순간을 후회하게 될 거야.

미래를 이미 겪은 듯 선명한 목소리가 해원의 깊은 곳에서 들려왔다.

해원은 시안을 생각했다. 가끔 시안을 생각하곤 했다는

말은 거짓이 아니었다. 시안은 일부러 노력하지 않아도 떠오르는 아이였다. 해원의 마음을 편안하게 해 주는 존재였다.

'예전엔 안 그랬잖아.'

그 말을 한 게 후회되었다. 곱씹을수록 미안했다. 상처를 받았겠지. 변화를 실감하는 건 다른 누구도 아닌 시안 자신일 텐데. 몸을 웅송그리고 있어서인지 팔다리가 저릿저릿했다.

해원은 휴대폰을 열고 112에 문자 신고를 했다. 아파트 이름과 동과 호수를 적어서 보냈다. 도와주세요. 보호자가 환자의 생명을 위협하고 있습니다. 환자가 위험해요. 빨리요. 그리고 같은 주소를 해일에게 찍어서 보냈다. 빨리 와 줘, 여기로.

그때 이모가 눈을 떴다. 이모의 몸 전체가 꿈틀거렸다. 이모가 눈을 뜨고 감고, 시안이 몸을 주무르거나 감각 반응 체크를 위해 손끝, 발끝을 꼬집을 때 움찔거리는 걸 보긴 했지만 그때보다 몸이 더 크게 꿈틀거리고 있었다. 시안은 이모의 움직임을 그저 반사 반응일 뿐이라고 했지만 이모는 발버둥 치고 있는지도 몰랐다. 경찰에서 출동했다는 메시지가 도착했지만 지금 이 순간에도 시간은 계속 흐르고 있었다.

아저씨는 발작적으로 으윽, 으윽, 흐느끼며 몸을 뒤틀었다. 시간은 계속 흐르고 있다. 경찰이 너무 늦게 도착할지도 몰라, 해원은 마침내 옷장 문을 열고 밖으로 튀어 나갔다.

아저씨가 혼비백산해 소리를 지르며 주저앉았다.

"누구야!"

아저씨는 벌떡 몸을 일으켜 야구 배트를 쥐듯 옆에 놓여 있던 보온병을 잡고 쏘아보았다. 그때 해원은 보온병 안에 든 물이 찰랑이는 작은 소리를 들었다. 시안이 우린 찻물이라는 것을 해원은 알고 있었다. 차를 우리는 시안의 표정은 고요하고 평온해 보였다. 왜 이런 긴박한 순간에 그 모습이 기억나는 걸까. 해원은 코가 시큰하고 마음이 졸아드는 것 같았다.

"저 시안이 친구예요. 놀라게 해서 죄송해요."

시안의 친구라고 말하자 아저씨는 보온병을 내려놓

았다.

"무슨, 이게 무슨……."

"저 기억하시죠. 해원이요, 시안이 친구요. 어릴 때, 같은 아파트 살았던."

눈을 가늘게 뜨고 기억을 더듬던 아저씨는 이내 소스라치게 놀랐다. 해원은 허둥거리다가 산소통 밸브 쪽으로 손을 뻗었다. 그러자 아저씨가 산소통을 온몸으로 막아섰다.

"네가 상관할 바 아니다."

정말 그러한가. 과정은 조금 꼬였지만 잠깐 모른 척하면 결국 시안이 원하는 결말을 맞이할 수 있을지도 몰랐다. 그러나 본능적으로 이건 아니라는 확신이 들었다.

해원이 어떻게든 빈 공간으로 비집고 들어가려 하니 아저씨가 어깨를 붙잡았다.

"네가 왜, 대체 무슨 자격으로 이래?"

몸집이 작은 해원이 순식간에 겨드랑이 사이를 파고들려고 하자 아저씨는 반사적으로 해원을 밀어냈다. 우당탕 소리를 내며 해원이 옷장에 부딪힌 후 바닥에 넘어졌다. 옷장에 부딪힌 왼쪽 어깨 부근에 통증이 밀려왔다. 무언가가 어긋난 것 같은 느낌이 들었다. 자신도 모르게 힘을 쓰고 몹시 놀란 아저씨가 해원에게 다가오지 못하고 그 자리에서 주춤거렸다.

"그러게 왜! 왜!"

고개를 숙이고 어깨를 부여잡고 있는 해원의 상태가 심상치 않다고 느꼈는지 아저씨가 다가왔다.

"괘, 괜찮니?"

해원의 시야에 경련하듯 떨리는 아저씨의 손이 들어왔다. 손등에 뼈가 도드라지는 마른 손이었다. 다듬은 지 오래되었는지 손톱이 길고 때가 끼어 있었다. 이모의 손과는 정반대였다.

해원은 아저씨를 밀치고 산소통 밸브를 열었다. 의지를 잃은 듯 아저씨는 풀썩 주저앉은 채로 황망하게 해원을 바라보기만 할 뿐이었다. 산소통을 호위하듯 해원이 버티고 섰다. 두 사람은 눈을 피하지 않고 서로를 바라보았다. 이내 정적을 가르고 스— 하고 공기가 새어 나오는 소리가 들렸다. 경련을 일으키던 이모도 다시 안정적으로 호흡하고 있었다. 그제야 멈췄던 시간도 다시 흐르는 것 같았다.

"내가 이해 안 되겠지. 혐오스럽고 끔찍하겠지."

아저씨의 눈에서 살기 혹은 분노 같은 것들은 찾아볼 수 없었다. 다만 절망과 체념이 눈동자에 선명했다.

"아니에요. 정말 아니에요."

어깨에 끔찍한 통증이 밀려들어 해원은 입술을 깨물었다.

"시안이한테는…… 비밀로 해 줘."

그 말이 끝나자마자 초인종 소리가 들렸다. 그리고 거칠게 문을 두드리는 소리가 이어졌다.

경찰이었다. 아저씨는 허탈한 얼굴로 울음과도 같은 웃음을 터뜨렸다. 해원이 이러지도 저러지도 못하는 사이 아저씨는 방 밖으로 나갔고 스스로 현관문을 열었다. 누군가가 방문을 부수듯이 요란하게 열고 들어왔다. 해원은 온몸의 긴장이 풀려 휘청거렸다. 해일이 해원을 부둥켜안았다.

시안

1.

지하철 화장실에 들렀다가 나오는데 내 또래의 여자애가 아기를 안고 있는 것이 보였다. 나도 모르게 여자애를 훑어보았다. 주의 깊게 보지 않으면 그냥 트레이닝복이라고 생각하겠지만, 여자애가 입고 있는 것은 분명히 학교 체육복이었다. 나와 눈이 마주친 여자애는 황급히 시선을 피했다. 여자애는 잠시 주위를 경계하듯 두리번거리더니 아이를 구석에 있는 기저귀 갈이대에 눕혔다. 메고 있던 백팩에서 기저귀를 꺼내더니 아기 옷을 벗겼다. 나는 거울을 보는 척하며 그 모습을 지켜보았다. 꽤 오랫동안 기저귀를 못 갈았던 모양인지 바지를 벗기자마자 지린내가 올라왔다. 아기의 연한 살이 벌겋게 달아올라 있었다. 사람들이 화장실로 들어오자 여자애는 불안한 듯 손길이 더 빨라졌다. 다급한 손길을 느꼈는지 아기가 칭얼거렸다.

"울지 마. 미안해. 울지 마."

나는 가방을 뒤졌다. 다행히 며칠 전 여분으로 샀던 베이비파우더가 있었다. 나는 물티슈와 파우더를 여자애에게 건넸다. 여자애는 흠칫 떨며 나를 바라보았다.

"그렇게 두면 살이 짓무를 거예요. 물티슈로 닦고 말린 후에 파우더를 발라 주세요."

"괜찮은데……."

"안 돼요. 해야 돼요."

여자애는 여전히 내키지 않는 눈치였다.

"이거 새거예요. 저는 집에 또 있고요. 아기들한테 쓰는 거 맞으니까 안심하고 써도 돼요."

아기가 추운지 울음을 터트렸다. 그제야 여자애는 감사합니다, 하고 받아들었다. 자리를 비켜 주려고 가방을 챙기고 화장실을 나서는데 여자애가 내게 물었다.

"집에 아기가 있어요?"

돌아보니 약간의 기대감과 호기심 어린 눈빛이 보였다. 그 애는 나를 비슷한 처지의 동지라고 생각하는지도 몰랐다. 나는 잠깐 머뭇거리다가 고개를 끄덕였다. 여자애는 환히 웃었다.

"고맙습니다."

그날 밤. 아빠가 잘못된 선택을 한 날, 나는 비를 맞으며 거리를 헤맸다. 분노에 치를 떨며 나를 속인 아빠를 어떻게 몰아세울지 끊임없이 생각했다.

돈을 받아 놓고도 원망하는 건 조금 파렴치한 짓인가. 그렇다면 이제 응어리를 억지로라도 풀어야 하는 것인가. 아빠가 지금까지 해원의 가족을 원망하거나 비난하지 않은 건 병원비를 받았기 때문일까. 납득할 수 있을 만큼 충분한 금액이었을까. 아니, 얼마를 받았든 그것으로 끝나는 것일까?

아빠는 왜 나한테는 말하지 않았지. 돈을 받은 사실이 부끄러웠나. 내게 다른 사람을 원망하지 말자고 한 말은 돈을 받았으니 우리에겐 그럴 권리가 없다는 뜻이었다.

구차해. 치사해. 모두가 내게 너무해.

나는 시간이 가는 줄도 모르고 아빠의 심장을 찔러 피를 낼 말을 떠올렸다. 다스릴 길 없는 화를 해원에게, 해일에게, 아빠에게 되갚아 주고 싶었다. 분노가 향하는 방향이 합당한지, 모든 것을 해원 탓으로 돌리는 것이 마땅한지 묻고 또 묻던 내 안의 목소리도 그 밤 내내 침묵을 지켰다.

그리고 집으로 돌아왔을 때는 모든 상황이 끝난 후였다. 나는 해원이 모든 것을 걸고 지켜 낸 세상을 어리둥절한 마음으로 받아들였다.

2.

나는 아빠를 만나기 위해 구치소에 왔다. 아빠가 면회실로 들어왔다. 우리에게 주어진 시간은 십 분이었다. 구치소 안에서 머리를 잘랐는지 덥수룩하던 앞머리가 깔끔하게 다듬어져 있었다. 우리 사이에 유리 벽이 있다는 사실 말고는 특별할 게 전혀 없는 대화들을 이어 나갔다. 아빠는 내게 전에 없이 많은 잔소리를 했다. 날씨가 추워지니 옷을 좀 더 껴입어라, 밥을 잘 먹어라, 기침을 하니 가는 길에 약국에 들러 약을 사 가라. 마지막 일 분만을 남겨두고 나는 묻고 싶었던 질문을 건넸다.

"왜 그랬어?

"나아질 기미가 안 보여서."

"어차피 육 년 동안 그런 기미 없었잖아. 갑자기 왜."

아빠는 희미하게 웃었다. 후회로 점철된 미소라는 걸 알았다.

"20대 때는 네가 우리 옆에 묶여 있지 않았으면 해서. 미안해."

아빠는 왜 아빠와 엄마를 하나로 묶어서 생각하는 걸까. 나는 아빠와 내가 공동 운명체라고 생각했는데. 아빠는 내가 계속 엄마에게 묶여 있을까 봐 겁이 났던 걸까. 아빠를 용서할 수 없을 것 같다는 생각이 들었다가도 어느 정도는 이해했다. 사실 거의.

아빠를 물끄러미 바라보았다. 면회실 유리창 너머로 보는 아빠는 늙어 보였다. 아빠는 40대지만 50대…… 어쩌면 60대로도 보일 것 같았다. 우리가 같은 생각을 오래 한 걸 보면 우리는 가족이구나. 기쁨은 모르겠지만 적어도 같은 슬픔을 공유했구나.

나는 최대한 밝은 미소로 아빠의 뒷모습을 끝까지 보고 나왔다. 내가 할 수 있는 최선이었다.

3.

오래전, 엄마가 중환자실에서 또 한 번 고비를 넘겼을 때 간호사는 내게 말했다.

"집에 돌아가서 쉬어도 돼. 어머니는 안정을 찾으셨어."

사실 이렇게 말하고 싶었는지도 모른다. 오늘도 네 어머니는 살아나셨구나.

그때 아빠와 나는 새벽 4시까지 집에 가지 못하고 엄마를 기다렸다. 그러니까 정확히 말하면 엄마의 임종을 기다렸다. 하지만 엄마는 고비를 넘기고 다시 돌아왔다. 우습게도 나는 육 년간 수십 번 엄마에게 작별 인사를 건넸지만 엄마가 떠난 적은 한 번도 없었다. 우리를 시험에 들게 하는 엄마 앞에서 진심을 꺼내 놓지 않기 위해 입을 꾹 다물고 분노를 삭였다.

그날 간호사는 내 표정에서 어떤 기대를 읽었을까? 원하는 대답을 해 주지 못해 면목이 없다는 눈길로 나를 바라보는 침울한 눈빛이 나를 초라하게 했다. 나를 꿰뚫고 있다는 표정과 내가 무엇을 원하고 기다리는지 나보다 더 명확하게 알고 있다는 태도가 두려웠다. 그래서 나는 최대한 간호사나 의사와는 눈을 마주치지 않으려고 했다.

죽음은 매번 손에 잡힐 듯이 가까이 왔다가 사라졌다. 항상 근처에 어른거리는 듯해도 누군가에게는 행복만큼이나 신기루에 가까웠다.

4.

그날 이후, 해원은 나를 자주 찾아왔다. 올 때마다 같은 말을 했다. 정말 미안하다고. 나는 아무 대꾸도 없이 그 애를 그냥 돌려보냈지만 속으로는 생각하고 있었다. 해원이 내게 미안할 일은 전혀 없다고. 해원에게 사과를 받아선 안 됐다. 해원이 우리의 붕괴를 막았다. 우리의 멸망을 저지했다. 그리고 나는 점점 깨닫고 있었다. 이 관계를 정리할 시간이 다가오고 있다는 것을.

나에게만 솔직하게 털어놓는 너의 불평불만, 네가 남자친구를 생각하며 심사숙고해서 선물을 고르는 마음, 망했다면서, 희망이 없다면서도 공부를 게을리하지 않는 것, 서운한 마음을 감추고 예쁜 말만 하려는 노력들, 책임을 지려는 마음. 그런 해원만은 변하지 않기를 바랐다.

나는 해원이 안전하기를 바라며 그 애에게 위협이 되는 것들, 그중에서 가장 위험한 나 자신을 멀리 떠나보내기로 했다.

5.

우리는 카페에서 만났다. 나는 마음대로 페퍼민트 차를 두 잔 시켰다. 페퍼민트 향이 섬세하게 빚어내는 평온한 공간에서 우리는 잠시 머물렀다.

"용서해 줄게. 그러니까 너도 나 용서해 줘."

마침내 내가 입을 열었을 때, 해원이 그렁그렁한 눈으

로 나를 바라보았다.

해원은 내일 대학 면접을 보러 간다고 했다. 아무래도 자신이 가고 싶었던 학교를 못 갈 것 같다고 했지만 나는 어디를 가나 해원이 행복하길 바랐다. 해원은 그날 아빠를 말리다가 어깨가 빠져 지금까지 고생하고 있었다. 다행히 왼팔이라 일상에는 전혀 지장이 없다며 내게 웃는 얼굴로 말했지만 마음이 무거운 건 어쩔 수 없었다.

"내가 찾아갈게."

해원이 말했다. 나는 할머니가 있는 지방으로 내려가기로 했다. 그러기를 아빠가 바랐기 때문이었다. 그날 새벽 2시가 되어서야 집에 돌아온 나는 해일에게 모든 설명을 들었다. 넋이 나간 상태에서 내가 의지한 사람은 최선희 선생님이었다. 급히 온 최선희 선생님이 며칠간 나를 돌봐 주었고 엄마를 요양 병원으로 보내는 게 어떠냐고 권유했다. 엄마는 지난주에 경기도 외곽에 있는 요양 병원으로 옮겨졌다. 나는 엄마를 할머니가 사는 지방의 2차 병원으로 옮긴 뒤, 거기서 내가 엄마 곁을 지키는 것이 정답이라고 생각했다. 하지만 최선희 선생님은 간병인이 24시간 환자의 곁을 지키는 시스템이 갖춰진 병원을 알아봐 주었다. 당분간은 그렇게 지내는 걸로 이야기를 끝냈다.

하지만 끊임없이 생각들이 따라붙었다. 그건 내가 책임을 회피하는 것 아닌가. 의무를 다하지 못하는 것 아닌가. 엄마와 날 별개로 두고 살아갈 수 있을까? 정말 그럴 수 있을까? 엄마 곁을 떠나기 위해 해원에게 그런 말도 안 되는 부탁을 했으면서도 막상 분리가 현실이 되자 나는 갈피를 잡지 못하고 불안해했다.

이런 마음을 최선희 선생님께 말하자 선생님은 그곳에도 자신 같은 사람이 있을 거라고 말했다. 더할 나위 없이 엄마를 소중히 대해 줄 사람이 있을 거라고. 최선희 선생님의 그런 자신감과 선의를 믿는 마음이 어디서 오는지 나는 알 수도 없고 믿기지도 않았지만 믿어 보기로 했다.

엄마가 편안하기를 바라는 사람이 있을 거라고, 내가 곁을 지키지 않아도 엄마가 나를 원망하거나 괘씸하게 여기진 않을 거라고. 어쩌면 엄마가 그걸 원할 수도 있다고.

그런 건 환상이야, 나만큼 엄마를 아는 사람은 없어. 너도 알잖아? 믿고 싶은 대로 믿으면 다야? 그러다가 엄마가 잘못되면? 위급한 순간에 아무도 엄마를 살피지 않으면?

여전히 나를 다그치는 목소리들이 따라붙었지만 나는 페퍼민트 차를 마시며 내 안에 자욱하게 깔린 상상을 다스렸다.

"그냥 여기서 끝, 하자."

"왜? 그래도 나랑 있으면 좋다며."

우습게도 해원은 내게 한 번 더 손을 내밀어 주었다. 해원을 다시 만난 날 보았던 해원의 미소가 생각났다. 해원이 울지 않으려 입을 앙다물어서 그때처럼 그 애의 보조개를 볼 수 있었다. 해원에게는 내가 재앙이었을까. 일상을 망가뜨린 재난 같은 것. 재난은 계산을 하고 우리를 덮치지 않는다. 나는 계산을 하고 가장 약한 해원만을 노렸으니 더 최악일지도 모른다.

"우리가 진짜 재밌는 사람을 못 만나 봐서 그럴걸. 찾아보면 좋은 사람도 많을 거야. 난 찾을 거야. 새로운 곳에서, 나랑 잘 맞는 친구."

"나를, 우리 가족을 용서하기가 힘들어서 그런 거지? 그렇다고 솔직하게 얘기해도 돼."

"아니야. 진짜 용서했어. 사실 모든 책임을 너한테 떠넘기는 게 억지라는 거 나도 알았어. 네가 아빠를 말려 줘서 다행이라고 생각해. 엄마를 그렇게 보냈으면 영원히 죄인으로 살았을 거래."

"근데 왜? 왜 결론이 이렇게 나는 거야?"

해원은 제대로 이해를 하고 싶어 했다. 붉어진 눈을 깜빡이면서 내게 답을 구했다. 하지만 우리 관계에서 말로 설명할 수 있는 것은 더 이상 없었다. 그 애가 마음으로 나를 이해해 주기를 기다릴 수밖에 없을 것 같았다.

"그래도 계속 만나는 건 좀 아닌 것 같아."

나는 두려웠다. 같이 있다 보면 좋은 날들도 많겠지만 나쁜 날들도 있을 것이다. 불행해지면 원망할 사람을 찾게 될 것이고, 가장 가까운 사람에게 화풀이를 하게 될 것이다. 그때마다 우리는 서로의 영혼을 해칠 것이다. 지금은 아니라고 해도, 그럴 가능성이 아주 높았다. 우리는 서로의 미래를 궁금해하는 유일한 사람들일지도 모르지만, 그 미래에 우리는 함께하지 않는 게 나았다.

"잘 지내."

"너도."

해원은 끝까지 납득하지 못했지만 결국엔 내가 원하는 대로 따르겠다고 했다.

해원이 멀어지고 있었다. 그 애가 학교로 도로 들어가는 것을 나는 교문 앞에 서서 바라보았다. 다시는 해원을 보지 못하리라는 직감이 들었다.

그때, 누군가의 숨결 같은 바람이 등을 떠밀었고 나는 나도 모르게 그늘을 벗어나 한걸음, 햇볕이 있는 곳으로 나아갔다.

작가의 말

생애 주기 속에서 길든 짧든 대다수의 사람들이 통과하게 되는 시기임에도 불구하고 우리는 간병의 가능성에 대한 상상을 전력으로 회피한다. 평범한 일상을 누리다가 어느 날 예고 없이 그날이 도래하면 신발을 뺏긴 채로 한겨울 거리에 내몰린 아이처럼 아연해져 떨게 될 것이다.

한발 앞서 미리 상상할 수 없을까. 상상으로 면역력을 기를 수는 없을까. 조금 더 의연할 수 있도록. 그런 마음으로 글을 쓰기 시작했지만 소설을 쓰면서도 피하고 싶은 장면들이 많았다. 소설을 쓰는 동안 내 상상 속에서 나의 소중한 사람들이 쓰러지거나 다치거나 의식을 잃었다. 몇

몇은 산소 호흡기에 의지해 간신히 세상과 연결되어 있었다. 고통스러운 마음의 끝에는 이기적이게도 '그러면 나는 어떡하지, 어떻게 살아가지.' 하는 공포가 자리하고 있었다.

감염병을 겪으며 사람들은 우리 안에 도사리는 무수한 두려움을 공유했고, 서로를 염려하는 마음은 회복의 실마리가 되었다. 그 마음을 한 번 더 믿어 보고 싶다. 우리가 더 이상 피하지 않고 불안을 나눈다면 소중한 사람을 보호하면서 일상을 지속하는 삶과 소외되는 사람이 없는 세계를 이룩할 수 있지 않을까. 그러므로 이 이야기가 상처와 고통에 대한 이야기가 아닌 작은 희망에 대한 이야기로 읽히기를 바란다.

글을 쓰는 동안 많은 분들의 도움을 받았다. 격려 덕분에 끝까지 포기하지 않을 수 있었다. 언제나 내 곁을 지켜 주는 지혜롭고 다정한 내 친구 한솔과 한별에게 고맙다.

오래 기다려 준 출판사와 막막함을 느낄 때마다 나타나

길을 밝혀 주신 김도연 편집자님께 감사의 마음을 전하고 싶다.

취재를 하는 동안 현장에서 일하는 분들의 목소리를 듣고 많은 위로를 받았다. 약자들의 깊은 잠, 평안한 날을 위해 밤을 지새우는 분들이 부디 행복하시기를. 소설 속에 등장하는 간병 시스템은 사실에 근거했으나 실제 현장 상황과 일부 상이할 수 있음을 밝혀 둔다.

마지막으로, 나보다 더 나의 소설을 기다린 가족들에게 아주 오랜만에 사랑을 전한다.

2022년 7월

백온유